子作りのために偽装婚⁉のはずが、訳あり王子に溺愛されてます

目次

子作りのための偽装婚⁉のはずが、訳あり王子に溺愛されてます　5
番外編　253

子作りのために偽装婚!?のはずが、訳あり王子に溺愛されてます

序章

暖かな春の光が差し込むサロンには、その穏やかな空気に似つかわしくない悲鳴が飛び交っていた。

「早く侍医を！」

「茶を淹れたのは誰だ⁉」

「逃がすな！　捕まえろ」

「ひぃぃっ、私は何も……っ」

茶を淹れたメイドが取り押さえられ、執事が侍医を呼びにサロンを出ていく中、リカルドは向かいに座っていた母ソニアに駆け寄った。

「母上、母上……っ！　誰か早く母上を助けてくれ！」

ソニアは床に倒れ込み、小刻みに震えながら息子の袖を掴む。

その真っ白いシャツには赤い染みが滲《にじ》んでいった。

「リ、カルド……」

「母上、大丈夫です。すぐに侍医が来ますから」

母の紫色の綺麗な瞳に、しっかりと自分が映っている。

たった一口の紅茶で、人が——母が、死ぬわけがない。

きっと大丈夫。

そう思うのに、彼女の瞳が虚《うつ》ろになっていくのを見ると、涙が止まらなかった。

「母上、目を閉じてはいけません。母上……母上、しっかりして……」

ソニアの手から力が抜けていく。

震える唇がやんわりと弧を描き、呼吸音が小さくなって……

「あい、して……ます……あな、た……生きて……リカルド」

「っ、母上？　母上！　母上っ‼」

最期、息子の名前をはっきりと呼び、ソニアは動かなくなった。

リカルドの腕の中の彼女にはまだ体温が残っているのに——

バタバタとサロンに駆け込んでくる者たちの足音は、リカルドの慟哭《どうこく》でかき消された。

シャルドワ王国の側室ソニア・アルリーヴァが毒殺された。

捕らえられたメイドの証言から、黒幕は同じ側室の一人だと判明した。子を授からなかった彼女は、リカルドという優秀な王子とその母親であるソニアを妬《ねた》んでいたという。

側室はのちに牢《ろう》で自害し、人々はこの恐ろしい毒殺事件の犯人がいなくなったことに安堵《あんど》した。

それと同時に、母親の死を目の当たりにしたリカルドが心を壊し、幼い振る舞いをするようになったことを嘆くのだった――

第一章

キラキラと輝くシャンデリアの光は、満天の星とは似ても似つかない。

煌《きらめ》く宝石のアクセサリーと最高級の生地を使ったドレスで着飾った令嬢たちに紛れ、セラフィーナ・パルヴィスはこっそりとため息をついた。

（やっぱりパーティは苦手だわ）

眩しすぎる照明も、豪華な装飾も、セラフィーナにはなじみのないものばかり。見るからに高級だとわかるものに囲まれていては緊張もするし、気疲れしてしまう。

貴族と一口に言っても、地位や名声の差がある。贅《ぜい》を尽くして暮らしている者もいれば、慎ましやかに公務に励むだけの者もいて、男爵位を賜《たまわ》るパルヴィス家は後者だ。

セラフィーナは、ここシャルドワ王国の東側にある小さな田舎領地の出身である。庶民と比べれば裕福という程度の、貴族社会では冴《さ》えない田舎者。

パルヴィス家当主である父マルティーノは首都で仕事をすることもあるが、セラフィーナは違う。普段、彼女がこんなに豪勢なパーティに招待されることなどない。

二年程前に済ませた社交界デビューのときも、首都の煌《きら》びやかな雰囲気になじめず、結局今と同じようにほとんど壁の花となってやり過ごした。

それ以来、首都のパーティに参加したことはなかったのだが……

今夜、セラフィーナがこのパーティに参加しなければならなかった理由はただ一つ——シャルドワ王国の王子二人の成人祝いだからである。

シャルドワ王国の貴族の端くれとして、王子の祝い事を無視するわけにはいかない。

つまり今、セラフィーナはシャルドワ王城の広間にいて、国で一番洗練され、高級で、豪華なパーティに参加しているというわけだ。

(これが国の格式高いパーティだとは、思いたくないけれど)

再び零《こぼ》れたため息は、優雅なダンス音楽にかき消されて誰にも聞こえることはないだろう。

だが、楽団の美しい生演奏でも隠し切れない悪意というものが——残念ながら——このシャルドワ王国には存在する。

「まったく、あのポンコツ王子はどうにかならないものなのかしら？　私、恥ずかしくて仕方ありませんわ」

「本当ですわね。でも、あれはもう治りませんわ。五年間いろいろな医者が診たけれど、何をしてもダメだと聞きました」

「嘆かわしいわ」

セラフィーナから少し離れたところにいる二人の令嬢の会話は、お世辞にも淑女の言動とは言いがたい。にもかかわらず、周囲に咎《とが》める者は誰もいなかった。

彼女たちの言う「ポンコツ王子」とは、今日の主役の一人——シャルドワ王国第二王子のリカルド・アルリーヴァのことを指す。

セラフィーナは会場のダンスホールで一人、音楽に合わせて飛び跳ねるように踊るリカルドに視線を向けた。

ワルツのステップを無視したダンス——さらにパートナーもなく、一人で踊っているのは彼だけなのでとても目立つ。

そんな奇妙なリカルドの行動に、周囲の人々は迷惑そうな視線を向けている。近寄る人がいないので、人の多い会場の壁際に立つセラフィーナにも彼のことはよく見えた。

青みがかった銀髪がリカルドの動きに合わせてふわふわと揺れている。絹のような髪はシャンデリアの光を反射して美しい。

紫色の瞳もキラキラと輝いて楽しそうだ。

端整な顔立ちに、かっちりした正装姿。外見は年齢よりも大人びて見えるのに、手足をパタパタと動かす仕草は幼い。

五年前、母親を亡くしたことをきっかけに、リカルドの精神年齢は退行してしまった。それからずっと成長を止めている彼を、いつからか人々は「ポンコツ王子」と呼んで蔑《さげす》むようになったのだ。

ソニア・アルリーヴァ——彼の母親は、側室として城に上がった女性だった。正妃である実姉ザイラになかなか子ができなかったために、姉妹の父親が計らったという。

側室は他にも何人か選ばれたけれど、男児を産んだのはソニアだけだった。さらに、同時期にザイラも王子を産んだため、他の側室たちは国王の興味を失った。

二人の王子は健やかに育ち、将来の後継者の心配は必要なくなった。特にリカルドは幼い頃から優秀で、周囲からの期待も大きかった。

ところが……リカルドが十三歳のとき、ソニアが毒殺された。

リカルドとソニアが茶を飲もうとしたときの出来事だったので、親子二人を狙ったのだろうと言われている。ただし、命を落としたのは先にカップに口をつけたソニアだけだった。

毒を盛った給仕係のメイドは実行犯として、彼女の証言から側室の一人が黒幕として、すぐに捕らえられた。

側室の中で唯一男児を産んだソニアを逆恨みしての愚行だったと言われている。後継ぎを生むために城へ召されたにも関わらず、早々に役立たずと判断された上に、リカルドが優秀に育っていくのを見て憎しみを募らせたのだろう、と。

犯人の側室は牢《ろう》で自害し、メイドも死刑になったため、事件はそのまま解決したと思われた。

しかし、事件はそれだけでは終わらなかった。

目の前で母親を殺されたリカルドの心が壊れてしまったからだ。

生みの親を亡くすだけでも深い悲しみと喪失感に苛《さいな》まれるだろうに、それが悪意ある者に無理やり殺《あや》められた。当時まだ十三歳だったリカルドがショックに耐えられなくても不思議ではない。

周囲の人々は最初こそ同情や哀れみを見せていたけれど、いつしか彼がなかなかそのショックから立ち直らないことを嘆くようになった。

そうして時を追うごとに、人々の落胆は嫌悪へと変わってしまった。

「優秀だという噂だったから、お父様はすぐに治ると期待していたらしいけれど、あれでは無理ね」

「母親が死んだくらいであんなになってしまっては、どうせ国の統治などできなかったでしょう。むしろ国が滅びる前にわかってよかったと思うべきですわ」

この国の人々は、どうしてこんなに冷徹なのだろう。

優秀な王子に期待していた分、落胆する気持ちは理解できる。だが、母親を亡くした傷心の王子を「ポンコツ」と呼ぶ神経はどうかしている。まして「母親が死んだくらいで」など……

あまりにもひどい言いようと嘲笑に、セラフィーナは拳を握りしめた。

しかし、田舎娘の怒りになど気づくわけもなく、令嬢たちのお喋りはエスカレートしていく。

「本当に。自分の成人祝いに集まった皆様への挨拶もまともにできなかったではありませんか」

「まったく恥晒《さら》しもいいところですわ」

とうとう我慢できず、セラフィーナは大股で彼女たちに近づいた。

「ちょっと貴女《あなた》たち、いくらなんでも度が過ぎます」

「まぁ、なあに貴女《あなた》？　突然不躾《ぶしつけ》に……失礼ではありませんの？」

令嬢の一人が眉を顰《ひそ》め、迷惑そうにセラフィーナを見る。

「失礼なのはどちらです？　リカルド様に対する貴女《あなた》たちの発言は王室への侮辱になりますよ」

「侮辱だなんて……私は事実を述べたまでですわ。ねぇ？」

令嬢が同意を求めると、もう一人が頷いてクスっと笑った。

「ええ。それとも、貴女《あなた》はリカルド王子が国を治められるとでも？　嫌だわ。これだから政治に疎《うと》い方は困ります」

「見ない顔だけれど、もしかして田舎から出てきた方なのかしら？　ドレスも地味で流行も知らない上に、中央政治への理解もないなんて……恥ずかしいですわよ」

二人の令嬢がセラフィーナを小馬鹿にすると、周囲からも失笑が漏れる。

「っ、貴女《あなた》――」

「おねえちゃんたち、けんかしてるの？」

セラフィーナが言い返そうとしたところに割り込んできたのは、やや舌足らずな声。

続いて腕を引っ張られ、彼女は少しよろめいた。

「けんかはダメなんだよ～」

「あ……リカルド様」

ダンスフロアで踊っていたはずのリカルドが、いつのまにかセラフィーナの横にやってきて、首を傾げている。

自分を見つめる澄《す》んだ紫色の瞳に、セラフィーナは困って視線を泳がせた。

「えっと、あの……喧嘩では、ないのですが……」

「あら、そろそろダンスのお相手を探さないと。もう行きましょう」

「そうですわね。あちらに殿方がお集まりのようですわ」

リカルドの悪口を言っていた令嬢たちは、そそくさと逃げていく。その周りの人々も咳払いをして談笑に戻ったり、その場を離れたり、彼と関わりたくないと言わんばかりだ。

それ以上遠くにいる者たちは、そもそもセラフィーナたちの言い争いには気づいていない。

セラフィーナはふぅっと息を吐いて気を取り直し、リカルドに頭を下げた。

「お騒がせして申し訳ありません。リカルド様のためのお祝いなのに……」

「うん。僕はもう成人なんだって。あっ、成人っていうのは、おとなってことだよ。だからね、僕はけんかを止めたの。えらいでしょ？」

リカルドは両手を腰に当てて胸を反らし、自慢げに言う。

セラフィーナはその可愛らしい仕草に微笑んだ。

「そうですね。成人したのに、喧嘩はいけませんね」

「おねえちゃんも成人なの？」

「はい。私もリカルド様と同じ、十八歳の成人です」

「そうなんだ～。おそろいだねぇ。おねえちゃん、名前は？」

ニコニコと機嫌の良さそうなリカルドに名を聞かれ、セラフィーナはハッとして礼をする。

「申し遅れました。私はパルヴィス男爵家が長女、セラフィーナでございます」

「セラフィーナおねえちゃんかぁ」

リカルドはきょろきょろと周りを見回し、首を傾げた。

「おねえちゃん、お友達がいないの？」

「え？　あ……その、私は普段、王国の東側にある男爵領に住んでおります。首都に来る機会が少なく、あまり知り合いがいないのです」

「ふぅん。でも今日は、ミケーレに会いに来たんでしょ？　あっちに行かなくていいの？」

リカルドが指さしたほうを見ると、このパーティのもう一人の主役——第一王子ミケーレがたくさんの人々に囲まれていた。

背の高いミケーレは、貴族の輪の中心で彼らに対応している。

中性的な顔立ちの異母兄とは違ってやや強面《こわもて》だが、貴族たちへの物腰は柔らかそうだ。笑顔も見られる。剣術に長《た》けているとの評判を裏付けるような屈強な体躯《たいく》も男性らしい。

ふとセラフィーナの視線に気づいたのか、こちらを向いたミケーレと目が合った。

「——っ」

ほんの一瞬、蛇《へび》に睨まれた蛙《かえる》のように身体が硬直する。

リカルドとは違う緑色の瞳から放たれる鋭い眼光は、離れていても彼女に突き刺さるようだった。

「おねえちゃん、どうしたの？　ミケーレに会いに行かないの？」

「あ……後で、ご挨拶だけしますね。今は、皆さんがいらっしゃいますから」

「そう？　でも、早くしないとミケーレとけっこんできなくなっちゃうよ」

「結婚？　私はミケーレ様と結婚するつもりなんてありません」

リカルドの突拍子もない言葉に、セラフィーナは思わず笑う。

田舎者の男爵令嬢が王子と結婚などできるわけがない。そもそも、このパーティは二人の王子の成人祝いだというのに、自分が見初《みそ》められようと邪《よこしま》な気持ちで参加するなど……

（……私は少数派なのね）

ミケーレに群がる令嬢たちが必死に自分を見てもらおうと背伸びしているのを見て、セラフィーナはため息をついた。

彼女たちの父親も、どうにかして娘を売り込もうと全方位からミケーレに話しかけている。

「おねえちゃんは変なんだねぇ」

リカルドがしみじみといった様子で呟くので、セラフィーナは苦笑いした。

なぜかその一言だけが妙に大人びて聞こえたせいもあるが、彼の言う通りだと思ったからだ。

セラフィーナは貴族の中では珍しい存在なのだろう。

だが、自分の立場は弁《わきま》えているつもりだ。

田舎貴族で、特に何かに秀でているわけでもない。容姿も中身も至って普通の自分が、王子に求婚されるわけがない。

「そうですね。変かもしれません」

「そっか。じゃあ、それも僕と同じだねぇ」

「同じですか？」

「うん。僕は変なんだって。えぇと……ぽんこつ？」

リカルドは腕を組んで少し考えた後、ポンと手を叩く。

セラフィーナは彼自身から出た「ポンコツ」という言葉に、思わず彼の腕を掴んだ。

「おやめください。リカルド様はポンコツではありません。そのような言葉……二度と、口にしないでください」

涙が滲《にじ》むのを、瞬きをして散らす。

精神的には幼くとも、リカルドは自分を取り巻く環境はきちんと理解できるはずだ。現に、自分が周囲からどう思われているのかを知っている。

誰も隠そうとすらしていないのだから当たり前だ。

それでも……こんなふうに自らを「ポンコツ」だと言うなんて間違っている。

「大切な人を亡くす悲しみが、どれほどのものか……想像しただけでもつらいのに……みんな、勝手なことばかり……」

セラフィーナの震える声を聞きながら、リカルドはじっと彼女を見つめていた。

その表情からは彼の感情は読めない。

無邪気に笑うのでもなく、泣きそうなセラフィーナに困るのでもなく、ただ彼女を見つめるだけ。

そこに色のある感情が存在するようには感じられず、セラフィーナはよくわからない不安に駆られた。

「リカルド様……？」

思わず手を伸ばしかけるが、リカルドはそれをひらりとかわし、くるくるとその場で回る。

「おねえちゃん、怒ってるし泣いてるし、変なの」

「あ……申し訳ありません」

セラフィーナが急に「やめて」と言ったり、泣きそうになったりしたから、リカルドは状況が読めなかったのだろう。

他の人たちが口を揃えて言っていることを否定されても、矛盾する事柄に困惑するだけだ。

それに、せっかくの祝いの席だと言ったのはセラフィーナなのに、雰囲気を壊してしまった。

セラフィーナは自分の配慮の足りなさを反省する。

何か楽しいことを——そう思って会場を見渡すと、軽食が並ぶテーブルが目に付いた。

ほとんどの人が食事を終えて歓談やダンスをしているので、人目も気にならないだろう。

「あの、それじゃあ……あちらでケーキを召し上がりませんか？　とてもおいしそうですよ」

「ケーキ！　早く行こっ」

幸い、リカルドの興味も引けたようで、セラフィーナはホッとする。

後ろからついていくと、彼は色とりどりのケーキの前で目を輝かせた。

「キラキラだねぇ」

飴《あめ》細工や果物などの飾りつけに感心しているようだ。

「そうですね。リカルド様はどれが食べたいですか？」

「僕は全部」

「えっ、全部ですか？」

「うん！」

頷くや否や、リカルドは皿を取って片っ端からケーキを盛り始めた。いくら一口サイズとは言っても、種類があるのでかなりの量になる。

皿の上がケーキの山になっていくのを驚きながら見ているセラフィーナをよそに、リカルドは盛ったばかりのケーキをものすごい勢いで口に詰め込みはじめた。

「んんっ、ほいひい！」

口の周りにクリームがつくのにも構わず、リカルドはケーキの山の頂上をぺろりと食べてしまう。

そうして、最後に口の周りを舐めてニカッと笑った。

「おねえちゃんも食べて。おいしいよ」

セラフィーナにもケーキを勧めつつ、リカルドは夢中になってケーキを頬張っている。

それがなんだか可笑《おか》しくて、セラフィーナは思わずふふっと笑った。

「本当に、おいしそうですね」

正直、先ほど壁際で孤立していたときは、食欲などまったくなかった。

貴族社会では当たり前のことなのかもしれないけれど、相手の腹の中を探りながらの食事がおいしいとは到底思えない。

人の悪口を言ったり聞いたりしながら食べるのも同じだ。

だが、リカルドの底抜けな明るさを見ていると、セラフィーナもお腹が空いてきた。

彼女は皿を手に取っていくつか好みのケーキを選び、最初にチョコレートケーキを口に運んだ。

「いただきます」

滑らかな口溶けの舌触りの後、ちょうどいい甘みが広がって、自然と頬が緩む。

「……おいしい」

「へへっ、でしょ？」

セラフィーナの呟きに、リカルドが誇らしげに胸を張った。

自分が作ったわけでもないのに自慢げな様子が可愛らしくて、セラフィーナはまた笑った。

この小さな幸せがリカルドを癒《いや》しているのだと感じる。

彼に対する周囲への憤《いきどお》りや過去の悲しみに捕らわれるよりも、こうして小さな喜びを積み重ねていくほうが、きっと前向きになれる。

リカルドがこの先、ずっとこのままだとしても……大きな悲しみから自分を守るための手段であるのなら、それが正解なのかもしれない。

王位継承の争いから外れたことだって、不幸だとは限らないだろう。

リカルドには平穏に生きてほしい。彼はもう、十分つらく悲しい経験をしたのだから。

セラフィーナはそう願いながら、ケーキを頬張って嬉しそうなリカルドに目を細めた。


ケーキを食べて少し雑談をした後、リカルドは「眠くなった」と言って自室へ戻っていった。

どこに控えていたのか、年配の世話係がちょうどいいタイミングで彼を迎えに来たのには驚いた。

白髪交じりではあったが、背が高く頭の切れそうな紳士といった姿——若い頃はきっと女性に人気があっただろう。

マウロと名乗った彼は、リカルドをしっかりと「王子」扱いしていた。

(リカルド様も信頼しているようだったわ)

幼い頃からの側付きなのかもしれない。

そうして、眠そうに目を擦りながら「おねえちゃん、バイバイ」と手を振るリカルドを見送った後、セラフィーナは再び壁の花となった。

父は相変わらず仕事関係の話に夢中だ。

時折アイコンタクトが飛んでくるが、セラフィーナは曖昧《あいまい》に微笑むに留めている。

普段、首都になど来ない娘に、いきなり誰かと交流しろというのも無理な話だ。

セラフィーナもすでに十八歳で、結婚相手を探すには遅すぎるくらいだとは理解している。

だが、踊るにしてもこちらから誘うわけにもいかず、もちろん誰かに誘われることもない。

元々田舎者だと思われていたところに、リカルドのことで令嬢と揉めた上、そのリカルドとケーキを食べていたのだ。

セラフィーナのレッテルはただの「田舎者」から、ポンコツ王子と仲良くする「奇妙な田舎者」に変わった。

それ自体にはなんの不満もないが、この会場で浮いてしまっているのは気分のいいものではない。

たとえば彼女が誰もが振り返る絶世の美女であったなら、声がかかるのかもしれない。しかし、残念ながらセラフィーナは平凡な娘だ。

栗色の髪の毛も茶色い瞳の色も特に珍しくない。ドレスだって、王宮でのパーティのために特別に仕立ててもらったとはいえ、田舎貴族に買えるものはたかが知れている。

たくさんの宝石をつけて着飾った令嬢の中では地味で埋もれてしまう。

（少し外の空気を吸おうかしら）

まだ帰れないのは仕方ないにしても、窮屈な会場からほんの少しでも離れたかった。

セラフィーナはゆっくりとテラスに向かって歩き出す。

外は夜風が冷たかったけれど、解放感を与えてくれた。

庭園へ繋がる階段を下り、少し歩いてベンチに腰掛ける。

ふぅっと息を吐いて会場のほうを見ると、父がこちらを気にしていた。

娘が一人で会場を出たことに納得していない表情ではあったが、「目の届く範囲にいる」という意思も込めて手を振ると、仕方なさそうに頷く。

セラフィーナの言いたいことが伝わったのだろう。追いかけてくる様子はない。

そのうち仕事の話に熱中し始めたのか、こちらへの注意は散漫になっていった。

誰からの視線も感じなくなり、セラフィーナはもう一度長く息を吐き出す。

(あんなにキラキラした場所なのに……みんなの心の中は正反対だわ)

田舎でのんびり暮らしていると、煌《きら》びやかなパーティにはほとんど縁がない。慣れない場所に出なければならない上に、軽蔑の視線を浴びて疲れてしまった。

リカルドは普段からこのような扱いを受けているのだろうか。

そう思ったら、なんだかやるせない気持ちになった。リカルドが悪いわけではないのに……むしろ彼は被害者だというのに、追い打ちをかけるようなことをするなど、ひどすぎる。

母親を亡くした傷心の王子に、どうして誰も寄り添おうとしないのか。

(私に何かできることがあればいいのに……)

普段、田舎の領地で暮らしている彼女にできることなどありはしない。

セラフィーナは自分の無力さに天を仰いだ。

パルヴィス男爵領で見られる夜空とは違う景色。パーティ会場から漏れる光のせいか、それとも今の気分のせいか……見える星の輝きが濁《にご》っているような気がした。

それがひどく寂しく思えて、セラフィーナはゆっくりと立ち上がる。

もう少し暗い場所へ行ったら、星の光も強く感じられて、気分が晴れるのではないか。

チラリと会場を確認すると、父はまだ招待客と話し込んでいた。

(少しだけ……星を見て、すぐ戻れば大丈夫よね)

誰も私のことなど気にしていないのだからいいだろう――そんな軽い気持ちで、セラフィーナは庭園を進んだ。

田舎の人気のない場所には慣れていても、きちんと整備された人工的な景色は少し怖い。

パーティ会場からの灯りも届かなくなったところで、もう一度空を見上げてみたものの、星の見え方が劇的に変わるわけではなかった。

上を向きながら、セラフィーナはゆっくりと暗いほうへ進んでいく。

そんなことをしても、首都の夜空が変わるわけではないのに……

知らない人ばかりの中で浮いてしまう自分と、領地とは違う星空の下にいるひとりぼっちの自分が重なって、余計に気分が落ち込んだ。

セラフィーナはそこで立ち止まって、静かに地面に視線を落とす。

真っ暗で足元がよく見えない。立っている場所にぽっかりと穴が空いているようで、背に悪寒が走った。

誰も味方になってくれないというのは、どんなに心細いことだろう。

ここに本当に穴が空いていて、セラフィーナが底へ落ちても、誰も助けてくれないのだ。

(リカルド様にはマウロさんがついているわ)

それでも彼は自らをポンコツだと言った――自分に対する周囲の評価を理解している。

傷ついていないはずがないのに……

セラフィーナはリカルドのことを想い、拳を握った。

「……よ……」

そのとき、ふと彼の声が聞こえた気がした。

リカルドは自室に帰ったはずだから、きっと空耳だろう。

リカルドのことを気の毒に思い、図々しくも今の自分の状況と重ねてしまったことで、先ほどまでの彼の姿が脳裏に浮かんだせいだ。

そう思いつつも、セラフィーナは耳をそばだてる。

ただ、自分の聞き間違いであることを確認したいだけだと……どこか言い訳じみたことを思いながら、息を潜めた。

「……これ……だ…………もう……」

「しかし……」

内容まではわからないが、確かにぼそぼそと聞こえてくる声——二人分だ。

どちらも聞いたことのあるものに思える。そのうちの一人はやはりリカルドの声に似ているが、そこに無邪気さはなく、鋭く尖《とが》った響きだ。

人違いか、それとも……

「……殺してやる」

「——っ！」

セラフィーナがさらに声に集中しようと目を瞑《つぶ》ったのと同時に、物騒な言葉が放たれ、喉の奥から引き攣《つ》った声が出た。

「誰だ？」

慌てて口を押さえたけれど、遅かったようだ。

近くの木の陰から誰かがサッと出てきて、セラフィーナを後ろから羽交い絞めにする。

「お前は……ここで、何をしている？」

耳元で怪訝《けげん》そうに問う声。ここまで至近距離で聞けば、疑う余地はない。

声のトーンや話し方など、まったく印象は異なるけれど……

「リ、カルド……様……？」

「ここで何をしているのかと聞いている」

「いた……っ」

彼の腕にさらに力が籠《こも》って、セラフィーナは呻《うめ》いた。

「リカルド様、少しは手加減して差し上げては？　相手は女性ですよ」

「俺の名前を出すな、マウロ」

「そのお言葉、そのままお返ししますよ。それに、すでにセラフィーナ様は、貴方《あなた》のことをリカルド様だと認識しておいででした」

後からゆっくり姿を現したマウロは、冷静にリカルドを諭《さと》している。

それを聞き入れることにしたのか、リカルドの拘束が少し緩んだ。

「いつからここにいた？」

「申し訳、ありません……お話を聞くつもりはなかったんです」

「聞くつもりがないのに、気配を消して耳を澄《す》ませていたのか？」

「っ、それは……その……本当に、最初はそんなつもりではなくて……少し外の空気を吸いに来ただけなんです。そうしたら、聞き覚えのある声が聞こえた気がして、つい……」

言い訳じみた言葉しか出てこず、セラフィーナの声は尻すぼみになっていく。

雰囲気はかなり違うが、セラフィーナの後ろにいるのがリカルドであることは間違いない。

状況からして、まずい話を聞いてしまったらしいこともわかる。

「あの、ですが……お話と言っても、はっきりと聞こえたのは……その……最後の……」

聞いたのは「殺してやる」という一言だけです——と、口に出すのは憚《はばか》られた。というよりも、言いながら、一番聞いてはいけない部分を聞いてしまったのではないかと思ったのだ。

「それだけ聞いていれば十分だ。そもそも、俺の姿を見ずとも『ポンコツ王子』だと気づいた時点で、お前の命はない」

物騒なことを口にしつつも、彼はとても落ち着いた様子だった。

「ほ、本当に……リカルド様なんですか？」

まだ振り返る勇気はなく、姿は見ていない。

だが、声は確かにリカルドのものだし、マウロもそれに関しては肯定した。

「そうだ。セラフィーナ・パルヴィス……お前は俺の秘密を知ってしまった」

「あっ」

その瞬間、くるりと身体が反転する。

リカルドはセラフィーナと向き合うと、彼女の頬を両手で包み込み、視線を上げさせた。

星灯りが少なく、暗いと思っていたはずなのに、リカルドの顔はよく見える。

綺麗な紫色の瞳がしっかりとセラフィーナを映し、その鋭い視線は彼女を冷たく射貫いた。

逃げられない——本能的にそう感じる。

否、リカルドはセラフィーナを逃がさないために、自らの姿を彼女の視界に映した。これ以上、言い訳ができないように。

「私……っ、誰にも、言いません！　秘密にしなければならない事情があるのですね？　だとしたら、私は秘密を守ります」

「そんな口約束を信用しろと？」

そう言われたら、ぐぅの音も出ない。

この状況で「私は貴方《あなた》の秘密を暴露します」と言う人間は、かなりの少数派だろう。

その場凌《しの》ぎだと思われるのも仕方がないことだ。

「もちろん、口約束では不十分でしょう。リカルド様がお望みなら、誓約書でもなんでもサインします！」

「残念だが、この場にはインクもペンも、紙もない。そもそも誓約書など書いたところで、お前の口に戸が立つわけではあるまい」

フンッと鼻で嗤《わら》われて、セラフィーナは必死に頭を回転させる。

「でも、リカルド様もすでにご存じでしょう？　私に友人と呼べるような人はいません。私の話を信じる人もいなければ、噂を広める伝手《つて》もないのです。パーティが終わったら、田舎の領地に戻るだけの、つまらない娘です」

「ポンコツ王子などをかばう、奇妙な女だからな」

「そっ、そうです」

セラフィーナは首を小刻みに上下させ、リカルドに同意する。

リカルドはそんな彼女を品定めするかのように目を細めた。

まるで、どのように殺そうか考えているようで、セラフィーナは唇を震わせた。

「な、んでも……なんでもします。絶対に秘密を漏らさないと、命を懸けて誓います」

まさか今すぐ殺されることはないだろうけれど、自分の命がリカルドに握られていることに変わりはない。

彼を納得させられなければ、人知れず消されるだろう。

「リカルド様、放して差し上げてはいかがですか？　セラフィーナ様も、なんでもするとおっしゃっていますし、命まで取らなくても……人を殺すにも、証拠を残さずにやるとなるといろいろ大変なんですよ。まして、彼女は男爵家のご令嬢です」

リカルドの代わりに発言したのはマウロだった。

穏やかな口調に反して「証拠を残さずにやる」という恐ろしい物言いは気になるが、命には代えられない。

セラフィーナは彼の言葉に再び何度も頷いた。

必死な彼女を不憫《ふびん》に思ったのか、マウロはさらに味方してくれる。

「ここに長居していても、我々にメリットはないでしょう」

「……わかった」

他の人間にも見つかる危険性を考えたらしい。リカルドは諦めのため息をついてセラフィーナから離れた。

「マウロ。残りのパーティの間、セラフィーナを監視しろ。俺は部屋に戻る」

「かしこまりました」

マウロに指示を出し、リカルドは再びセラフィーナに視線を向ける。

「セラフィーナ」

「っ、はい！」

「今日のところは見逃してやる。余計なことを言ったり、逃げたりしたら……どうなるか、わかるな？」

「もっ、もちろんです！」

セラフィーナは首がもげそうなほどに頷いて、絶対服従の意思を示す。

縦に振り過ぎて、首が身体から分離してしまいそうだ。

「……なんでもすると言ったことも、忘れるなよ」

リカルドはしばらくセラフィーナを見つめていたが、やがてそう言い残し、暗闇へ消えていった。

どこから自室へ帰るのかはわからないけれど、きっとリカルドにしかわからない道があるのだろう。

セラフィーナの忠誠心を見定めるような鋭い視線は、彼が去った後も彼女の身体を拘束していた。

「セラフィーナ様、貴女《あなた》も会場へ戻ったほうがよろしいでしょう」

「あっ、はい。そうですね」

どれくらい暗闇を見つめていただろうか。マウロに声をかけられてようやく我に返ったセラフィーナは、あたふたと踵《きびす》を返した。

父が娘の姿が見えないことに気づいていたらまずい。

大変なことになってしまったと理解しつつも、何が起こったのかよくわからないような変な気分だ。

（リカルド様……だったのよね……）

自分の目ではっきりと見たはずのリカルドの姿――つい先ほど一緒にケーキを食べた彼とはまるで別人だった。

楽しそうに過ごせているのなら幸せだと思ったのも、ほんの少し前のことだったのに……

（殺してやる、なんて……）

ケーキを食べて幸せそうだったのも、セラフィーナを変だと言って楽しそうにしていたのも、すべて仮初《かりそ》め……？

（嘘、だったの？）

リカルドが本心を隠して無理やり「ポンコツ王子」を演じているのだとしたら、こんなに悲しいことはない。

セラフィーナは彼の心が年相応に戻らなくてもいいと思った。

幸せならばそれでいい、と。

だが、それが全部真っ赤な嘘だったのなら……無理やり演技をして隠しているのだとしたら、「幸せ」であるわけがない。

リカルドの上辺だけしか見えていなかった——その事実がセラフィーナの胸をひどく締め付けた。

敵意をむき出しにして、自分に対峙《たいじ》していたリカルド。ひた隠しにしている秘密を今日出会ったばかりの娘に知られ、きっと恐ろしかったことだろう。

今の彼の味方はマウロだけなのだ。セラフィーナを信用しろというのは無理がある。

自分の監視をするように命じたリカルドの気持ちも理解できた。

けれど……

(私は……リカルド様の味方になりたい)

誰も寄り添おうとしない彼の力になりたいと思ったのは本心だ。今までずっと傷ついてきたリカルドの幸せを願っている。

彼の不利益になることは絶対にしない。

リカルドと二度と会うことがなくても、約束は守ろう。それが唯一、自分にできることならば……

心の中でそう決意して、セラフィーナは再び煌《きら》びやかな会場へ足を踏み入れた。

＊＊＊

翌日。

セラフィーナは首都の別荘から領地へ帰るための荷造りをしていた。

昼食を済ませた後ということもあって、部屋の窓から差し込む優しい日の光に眠気を誘われる。太陽だけは領地にいるときと同じだ。

昨夜のパーティで荒《すさ》んだ心を癒《いや》してくれる気がする。

首都で過ごしたのはたった数日だったのに、とても長く感じられた。

ようやくパーティも終わり、日常に戻れる――そう安堵《あんど》の息を吐き出したとき、使用人が部屋に飛び込んできた。

「セラフィーナ様、大変です！」

血相を変えた使用人の慌てぶりに、セラフィーナは目を丸くする。

彼女は来客の対応をしていたはずだ。父の仕事関係の客だと思っていたが、この様子だとそうではなさそうだ。

「そんなに慌ててどうしたの？」

「それが、その、あのっ！」

「落ち着いて。何かあったの？」

セラフィーナが問うと、使用人は震えながら口を開く。

「城からの遣いの方――マウロ・ジェリーニと名乗る方がいらっしゃって……セラフィーナ様を、

リカルド王子の婚約者におっしゃっております！」

「マウロさんが……？　え？　リカルド様の……婚約者⁉」

あまりにも突拍子のない報告にぎょっとして、セラフィーナは綺麗に畳んだばかりの室内用ドレスを床に落とした。

「はい。リカルド様が、昨夜のパーティでセラフィーナ様を気に入られたと……」

セラフィーナは腰をかがめたまま使用人へ視線を移す。彼女が目を白黒させているのを見れば、それが嘘ではないことは一目瞭然《りょうぜん》だった。

もちろん、使用人が雇い主の娘に嘘をつく理由などない。いや……むしろ、冗談だと思いたかったのはセラフィーナのほうだ。

昨日の今日で、リカルドの婚約者になるようにとマウロが直々に屋敷を訪ねてきている——王子がセラフィーナを逃がすまいとしていることは、火を見るより明らかだ。

——今夜は見逃してやる。

リカルドの言葉を思い出したら、背中に冷や汗が伝った。

（今夜は、って……つまり、『見逃してくれない』って意味だったの？）

確かにリカルドは「今夜」と限定した言い方をしたけれど、まさか翌日に婚約を持ち掛けてくるとは誰が予想できただろう。

「セラフィーナ様……王子のご希望をなんでも叶えて差し上げるとおっしゃったのですか？」

「え？　あ……ええ、まぁ……そう、ね」

確かにセラフィーナは昨夜「なんでもする」と言った。実際には自分の命が懸かっていたための咄嗟の言葉だったが、ものは言いようだ。

（まさか婚約だなんて……）

しかし、約束は約束だ。

秘密を守り、なんでもすると宣言した以上、「やっぱりなし」とは言えないし、言うつもりもない。

セラフィーナはリカルドの味方になると決めたのだから。

「それで、私を婚約者にしたいってリカルド様がおっしゃっている、と言うのね？」

「……はい。マウロ様は、そのように……」

セラフィーナが確認をしながらドレスを拾い、畳み直してトランクに入れると、使用人が言いにくそうに口をもごもごさせた。

「あの……それで、マウロ様が……」

セラフィーナと彼女の荷を交互に見ながら、使用人は小さな声で続ける。

「領地へは帰らずに、今すぐ……城へ来てほしいと……リカルド様が寂しがっていらっしゃるとのことです」

「……そう」

セラフィーナはトランクの蓋《ふた》を閉め、持ち上げた。

幸か不幸か……必要最低限の荷物しか持たずに首都へ来たから、軽くて助かる。

「荷造りも終わったからちょうどいいわ。お父様にはなんて？」

「え？　あ、マルティーノ様にはマウロ様からご説明が……」

「それなら、話が早いわね」

「セラフィーナ様!?　えっ、まさか、このまま城へ行かれるおつもりですか？」

ほとんど動揺を見せないセラフィーナに対し、使用人は困惑しきりだ。

もちろん、彼女はリカルドとセラフィーナの間に起こったことを知らないのだから、当たり前だろう。

しかし、セラフィーナは自分がなぜ城へ呼ばれたのか、リカルドの婚約者になれと言われているのか、すべてを理解している。

それを断ることができないことも。

セラフィーナに選択肢は一つしかない。

「マウロさんの言った通りよ。昨夜のパーティで、リカルド様と仲良くなったの。きっと私のことを気に入ってくださったんだわ」

「気に入ったとおっしゃいましても……しかし、リカルド王子は……」

ポンコツではありませんか、という言葉は、かろうじて呑み込んだのだろう。

使用人はセラフィーナに哀れみの視線を向けた。

「リカルド様も私と同じ十八歳、成人よ。婚約者を決めるのは自然なことでしょう?」

「それは……そうかもしれませんが……」

「大丈夫。昨夜は少ししかお話できなかったから、改めて招待されたのだと思うわ。このまま一生領地に帰れないなんてことはないはずよ」

そう言ったものの、本当のところはわからない。

昨夜のリカルドの様子を思い出すと、セラフィーナを妻に迎えたフリをしてそのまま殺してしまう……ということも、あり得ない話ではなさそうだからだ。

(そんなまさか、ね)

我ながら話が飛躍しすぎだ。

マウロは「人を殺すのは簡単ではない」と言っていたではないか。

いつのまにか、ごく自然に物騒な想像ができるようになった自分に気づき、セラフィーナはふぅっと長い息を吐いた。

(パーティの後、秘密を漏らしていないか確認するだけよね。しばらく婚約者としてそばに置いて、私の口の堅さを試したいのかも)

セラフィーナは再びため息をつく。

そんなことをしなくとも……とは思うけれど、初対面の娘を簡単に信じろと言うのも無理がある。

セラフィーナにできることは、できるだけ早くリカルドに信用してもらえるよう努めることだけだろう。

「荷物を持ってきてくれる？」

「かしこまりました」

使用人がついてくるのを確認し、セラフィーナは部屋を出た。


玄関では、穏やかな笑みを浮かべたマウロが彼女を待っていた。応対に出てきた父マルティーノは止まらない脂汗を拭っている。

「セラフィーナ様。突然の訪問をお許しください。リカルド様が貴女《あなた》を恋しがって手をつけられず……どうか城へいらっしゃっていただけませんか」

「ええ、もちろんです。リカルド様とは昨夜、お約束しましたから」

言葉だけを聞けば、和やかな雰囲気だけれど……「恋しがって手をつけられない」の意味がわかるのは、セラフィーナとマウロの二人だけだ。

実際は、リカルドが秘密を暴かれることに危機感を覚えており、セラフィーナを目の届く場所に置きたいのだろう。

「では、パルヴィス男爵。詳細は先ほどお伝えした通りでございます。セラフィーナ様のことは責任を持ってお守りいたしますので、どうかご安心を。正式な婚約発表や結婚式につきましては、改めてご連絡いたします」

「は、はぁ……本当に……リカルド様と娘が……。セラフィーナ、大丈夫か？」

マルティーノは驚きの表情で呟いた後、娘を見る。

「心配なさらないで、お父様。私は大丈夫です」

マウロが妙に具体的な話をしていることには不安があるけれど、だからと言って逃げ出すわけにはいかない。

父に怪しまれても困るので、セラフィーナは笑みを浮かべて見せた。

「それでは、参りましょうか」

「はい」

マウロが使用人から受け取ったセラフィーナのトランクを御者に渡す。

そのまま彼女をエスコートして馬車に乗せ、自分は違う馬車へ乗り込んだ。

城からの遣いだと一目でわかるほどの豪奢《ごうしゃ》な箱が二つ、それらを引く毛並みのいい馬たち……首都でも珍しい光景に興味津々の人々の姿が窓から見える。

セラフィーナは窓のカーテンを引き、ため息をついた。

「大変なことになってしまったみたい」

そう、呟きながら――

馬車に揺られていたのはほんの数十分ほどで、城についてからはマウロが案内してくれた。

正門にいた警備の騎士たちは、セラフィーナを見て怪訝《けげん》そうな顔をし、ひそひそと同僚に何かを囁《ささや》く。

廊下を歩けば使用人たちも一様に同じ反応を見せた。昨夜のパーティと代わり映えしない光景に、セラフィーナは心の中で大きなため息をつく。

(噂が広まるのが早いのね)

首都に来てからため息ばかりついている。こんなに大変なことになってしまうとは、ため息をつくと幸せが逃げるというのもあながち間違いではなさそうだ。

周りの様子を視界に入れないように、セラフィーナはできるだけマウロの背中のみを見て歩いた。

そうして辿り着いたのは、謁見《えっけん》の間。重厚な扉が開かれると、入り口からは赤い絨毯《じゅうたん》が伸び、その先に国王夫妻が豪奢《ごうしゃ》な椅子に座っている。

パーティ会場ほどの大きさはないものの、シャンデリアの輝きは昨夜に劣らず、壁には歴代の王の肖像画が並んでいる。

「おねえちゃん!」

「わっ……」

セラフィーナが一歩踏み出そうとするよりも前に、タタタッと軽快な足音が近づいてきて、一人の青年に飛びつかれた。

その勢いと驚きで倒れそうになるのを、飛びついた本人――リカルドがそれとなく支えてくれる。

「やっと来た～！　待ちくたびれちゃったよ」

「あ……ごめんなさい……？」

昨夜の冷徹な王子と対峙《たいじ》しなければならないと思っていたから、拍子抜けしてしまう。

ぷくっと頬を膨らませて拗《す》ねた表情を見たら、昨夜のことは夢だったのではないかとすら思えた。

この場にはたくさんの人がいるから、リカルドがポンコツ王子を演じるのは当たり前ではあるのだけれど……

「リカルド、セラフィーナが困っているではないか。甘えていないで、こちらまでエスコートしなさい」

「は～い。おねえちゃん、こっちだよ」

父王に諭《さと》され、リカルドがセラフィーナの手を引いて玉座の前へ導く。

セラフィーナは慌てて彼について行き、国王夫妻の前で腰を折った。

「セラフィーナ・パルヴィスと申します。本日は――」

「こちらから呼び出したんだ。頭を上げて楽にしてくれ」

「は、はい」

そう返事はしたものの、国王が自分に注目している状況で緊張するなというのは無理な話だ。

セラフィーナはカチコチになりながら、頭を上げて背筋を伸ばした。そんな彼女の隣には、リカルドがぴたりとくっついて腕を絡めてくる。

「さて……早速だが、本題に入ろう。すでにマウロから聞いていると思うが、我が息子……リカルドがそなたと結婚したいと言っておる」

「昨夜、リカルドと遊んでくれたでしょう？　それで、この子は貴女《あなた》のことを気に入ったみたいなの」

国王に続いて言うのは、王妃のザイラだ。

口調は穏やかで、セラフィーナにも優しく微笑みかけているのだが、やや近寄りがたい印象がある。

（銀色の髪がリカルド様と似ているわ）

ザイラとリカルドの母ソニアが姉妹なのだということを証明しているようだ。瞳の色も同じ紫で、リカルドと本当の親子だと言われても疑問を抱く人はいないだろう。

第一王子ミケーレは父王に似ているらしい。

「貴女《あなた》も知っているでしょうけれど、リカルドの母親は私の妹よ。私もリカルドのことは実の息子のように思っているわ。だから、こうしてこの子を気にかけてくれる娘《こ》が現れて……嬉しいの。ぜひ、城へ上がってくれないかしら？　もちろん不自由はさせないわ」

「うむ。リカルドも十八歳だ。自ら公務を行うことが難しくとも……体裁は整えてやりたい。ぜひとも、リカルドの伴侶となってくれ」

国王夫妻の言い方は、リカルドとセラフィーナの結婚を決定事項として告げているように感じられた。

それもそうだろう。ただの男爵令嬢に王子との縁談を断る権利などありはしない。

（そういうことなのね）

セラフィーナを疑いながらも、昨夜あっさりと逃がしてくれたのは、こうして確実に捕らえる方法があったからなのだ。

婚約というもっともらしい理由をつけたのも、誰一人反対しない――むしろ、歓迎されることを知っていたからに違いない。

国王夫妻は王位継承争いから外れた「ポンコツ王子」の扱いに困っている。仕事でも使い物にならなくなり、私生活でも五年間ずっと幼子のまま……まともな結婚生活を送れるとは到底思えない息子をどうするか。

年齢的には成人した息子を結婚させたくとも、中途半端な貴族を選べば、政治に口出しされてしまう。リカルドを傀儡《かいらい》として王に立てようと、再び王位継承問題にもなるかもしれない。

その点、他の貴族との繋がりをほとんど持たない田舎貴族――パルヴィス家は安心安全というわけだ。

位の高い貴族令嬢を指名すれば、「ポンコツ王子に娘を嫁がされた」彼らの王家への反発も免《まぬか》れない。

セラフィーナが横にくっついているリカルドを見上げると、彼は「えへへ」と無邪気に笑った。

「けっこん、していいって！」

大人たちの会話などわからないとでも言いたげな笑顔だ。しかし、セラフィーナに絡めた腕にはしっかりと力が籠《こも》っていて、「逃がさない」という意思が感じられる。

リカルドは自分がセラフィーナを気に入ったと言えば、父王と正妃が反対するわけがないと知っていた。

ミケーレとリカルドが成人となった今、正式な次期国王を発表する日は遠くないはずだ。

すなわち、五年も「ポンコツ王子」のままだったリカルドが元に戻ることを諦める日が来るということ。

ミケーレに王位を継がせて内政を安定させ、リカルドにも伴侶を与えて対外的な体裁を整える。

そのための「良い娘」が必要だったところに、セラフィーナという条件にぴったりの娘が現れた。

身分も年齢も申し分なく、リカルド本人が気に入ったと言っている。「ポンコツ王子」に嫁がせても文句を言わない――否、言えない。

きっと他の貴族たちも納得する。自分に矛先が向く前に、ポンコツ王子が結婚してくれてよかったと……誰もが思うだろう。

王家の面目と貴族たちの権力の均衡を保ちながら、穏便にリカルドを「切れる」のだ。

（そんなの……悲しい）

国王の「体裁を整えてやりたい」という言葉が、親としてのものなのか一国の王としてのものなのかはわからない。

だが、少なからず息子を厄介者扱いしていることに、胸が締め付けられた。

そんな父王の気持ちを、リカルドはどう受け止めているのだろう。

実の父親も、周囲の貴族たちも、皆が自分に背を向けることに傷ついていないはずがないのに……

(私が信じてもらえないのも当たり前だわ)

一番の味方であるはずの父親に信じてもらえないのだから。

ずっと自分を支えてくれていたはずの人々に裏切られたのだから……

「セラフィーナ。そなたの願いはできるだけ叶えよう。望むものはなんでも言ってくれ」

「ドレスも宝石も、最高級の品を用意できるわ。リカルドの城が小さかったら、ソニア……妹が生前使っていた城を貴女《あなた》に譲るし、使用人も好きなだけ雇ってちょうだい。そうだ、結婚式も盛大に行いましょう」

「それと、そなたの父には新たな爵位を与えよう」

セラフィーナが暗い表情をしていたのを、リカルドとの結婚を嫌がっていると解釈したのだろう。国王夫妻が口々に彼女を引き留めようとする。

リカルドの口角が少し上がったのも……これだけの好条件を断るはずがないという、悲しい自信の表れである気がした。

セラフィーナはゆっくりと首を横に振り、玉座へ向き直る。

「何もいりません」

「そんな、遠慮しないで――」

「結婚はします」

ザイラの言葉を遮《さえぎ》って、セラフィーナは高らかに宣言した。

「リカルド様と結婚するのは、私の意思です。昨夜、私も……リカルド様がお優しく、素敵な男性であることを知りました。だから……何もいりません。リカルド様も私と同じ気持ちでいてくださるのなら、それだけで幸せですから」

リカルドには何もないのだから、セラフィーナも何もいらない。

ただ、これからは……セラフィーナがリカルドの味方でありたい。

「リカルド様」

セラフィーナは絡まっていたリカルドの腕をやんわりと解き、彼と向かい合って両手を取った。

リカルドはされるがままで、彼女を不思議そうに見つめる。

「私がずっと一緒にいます。リカルド様が望む限り……ずっと」

監視したいのなら、それでもいい。

結婚することで安心できるのならば、それを受け入れる。

(約束したもの)

絶対に秘密を洩らさない、と。

リカルドを裏切らないと……証明しなければならない。

この結婚は、自分に与えられたチャンスだ。

リカルドに信じてもらうため。彼の真の味方となるため。

その決意を伝えたくて、セラフィーナはまっすぐに彼の目を見た。

透明感のある紫色の瞳がゆらゆらと揺れている。

ほんの少しの沈黙には、どのような意味があったのだろうか。

「うん！」

すぐに満面の笑みで頷いたリカルドの真意はわからなかったけれど、少しでも自分の想いが伝わっていたらいいと思う。

セラフィーナがリカルドとの結婚を承諾したことで、玉座からは安堵《あんど》の吐息が漏れた。

もしかしたら、セラフィーナが何も望まなかったことに安心したのかもしれない。

「セラフィーナ、私たちはそなたを歓迎する。リカルドをよろしく頼む」

「……はい」

セラフィーナはしっかりと頷いて、リカルドの手を握り直した。

謁見《えっけん》の間を後にすると、リカルドとマウロがリカルドの居城へ案内してくれた。

敷地内の他の建物よりやや小さな城――城の周りの草木の手入れは行き届いているとは言いがたく、ひっそりと佇《たたず》んでいる。

リカルドの居城へ近づくにつれて人が減っていくのが寂しい。

（さっきまで、あんなにたくさんの人たちがいたのに……）

この様子だと、リカルドはあまり使用人をつけていないのだろう。

そう考えながら辿り着いた城に、リカルドを出迎える使用人は一人もいなかった。

人影のない廊下を、セラフィーナがそわそわしながら見渡していると、マウロが口を開く。

「ここには、必要最低限の使用人しかおりません。シェフも一人です」

「こんなに広いお城なのに……ですか？」

正直、シェフは使用人とは少し違う。もちろん、城や貴族の邸宅で働くという大きな括《くく》りでは使用人と言える。

だが、料理だけを担当する彼らは、洗濯や掃除などいろいろな業務を引き受ける使用人とは異なる。

つまり、リカルドの城には必要最低限の使用人すらいないのでは——その言葉はかろうじて呑み込んだ。

必要最低限の使用人しか雇わない理由は、おそらく真実を知られないようにするため。いくら完璧に演技ができても、生活空間にたくさんの人がいることはリスクでしかない。

それと、これはセラフィーナの憶測だが、リカルドの世話をしたいという志願者もいないのだろう。

「できる限りのことは私がやっております。ザイラ様のおっしゃった通り、今後はセラフィーナ様のお世話をする者を新しく雇いますから、ご心配なさらず」

「いいえ……！　先ほども言いましたが、私は何もいりません。自分のことは自分でやれます」

「しかし、王妃殿下が不自由のないようにと……」

「不自由じゃないです！　パルヴィス家の使用人も多くはありませんから、生活に必要なことはそれなりにできるつもりです」

パルヴィス男爵家に使用人が少ないのは、単に経済的な問題だけれど……

「おねえちゃん、お着替えも自分でできるの？」

「え？　あ、はい」

「すごーい！　僕はね、マウロがやってくれるんだよ」

廊下ではシェフと鉢合わせる可能性があるからなのか、リカルドはまだ「ポンコツ王子」のままだ。

ここまでずっと幼い振る舞いをしているリカルドを見ていると、昨夜のことはやはり夢だったのではないかと思ってしまう。

だが、階段を上がって廊下の奥の部屋の扉を開けた瞬間、リカルドはそれまで放さなかったセラフィーナの腕からあっさりと離れた。

セラフィーナはリカルドの後を追って部屋に入る。マウロも部屋には入ってきたが、壁際で控えているつもりらしい。

明るい色の壁紙とふわふわの絨毯《じゅうたん》、天井からはシャンデリアが吊るされていて、一見すると豪奢《ごうしゃ》な内装に感じられる。

ソファやテーブルなどの家具も高級なもののように見えるけれど、絨毯《じゅうたん》の上に無造作に広げられた紙や絵本、おもちゃとはチグハグな印象で、部屋がまとまっていない。

リカルドはまっすぐにソファに座ると、膝を組んでセラフィーナを見上げた。

彼女の後ろで、扉が閉まった音が響く。

「意外とあっさり承諾したな。命が懸かっているとはいえ、『ポンコツ王子』と結婚しようとは……酔狂なやつだ。それも、父上たちが提示した条件を断った……何を企んでいる？」

冷たい声——その矛先が自分に向かっている。

怖い。

だが、ここで俯《うつむ》いたり逃げようとしたりしてはいけない。

セラフィーナはリカルドの視線をまっすぐに受け止め、拳を握りしめた。

「何も企んでなどいません。私は秘密を守ると約束したから、ここにいます。リカルド様が私を監視したいとおっしゃるのなら、いくらでもそうしてください。貴方《あなた》が見ている前で、私は証明するだけです。私が貴方《あなた》の味方であることを」

「……味方？」

「はい。マウロさんと同じ……味方になります。本当のリカルド様を、お守りします」

セラフィーナがそう言うと、リカルドはふいっと彼女から視線を逸らす。

壁の一点を睨みつけ、しばらく黙ったままでいたが、気だるげに彼女に向き直ると、冷徹な笑みを浮かべた。

「お前に何がわかる？　簡単に味方になるなどと……不愉快だ。お前に守られなければならないほど俺は弱くない」

「わかっています。でも、私は――」

「勘違いするな。俺に必要なのは味方ではなく、駒《こま》だ。だからお前を城に入れた。なんでもすると言ったお前を、だ。お前には俺の言う通りに生活してもらう。俺が望むのはそれ以上でも以下でもない。マウロ、さっさと部屋に案内してやれ」

リカルドは顎《あご》で奥の扉を示すと、セラフィーナに向かって手を払う仕草をした。

そのまま執務机に移動し、山積みの書類を手に取る。

これ以上何も聞きたくないと言わんばかりだ。

「セラフィーナ様、こちらへ」

マウロは主人の命に従って部屋の奥へ向かい、扉を開けた。

その奥にはもう一つ部屋があり、セラフィーナのために誂《あつら》えてある。

元々ある程度の家具が揃っていたのかはわからないが、ソファやテーブル、カーテンなどは女性の部屋のものとして申し分ないデザインだ。

繋がった部屋を用意したのは、監視の意味が大きいのだろう。

「リカルド様……」

セラフィーナはリカルドに視線を向けたが、呼びかけには応えてくれなかった。

今は話を聞いてもらえる雰囲気ではなさそうだ。

仕方なく、セラフィーナは隣の部屋へ入った。

部屋の大きさは男爵邸の自室と同じくらい。ベッドも綺麗に整えられているし、クローゼットもある。

「ザイラ様の命で模様替えをいたしました。小さいですが、奥には浴室もあります」

昨日の今日でここまで完璧な部屋を用意したのかという疑問には、マウロが答えてくれた。きっと、セラフィーナの表情を読み取ったのだろう。

「そうなのですね。ありがとうございます」

「とんでもないことでございます。クローゼットには、ドレスや夜着などもご用意してあるそうですので、お好きなものをお選びください」

「はい」

セラフィーナが頷くと、マウロはほぅっと息を吐き出す。

「申し訳ございません」

「どうして謝るんですか？」

「セラフィーナ様のことを『駒《こま》』などと……いくらなんでも失礼ではありませんか」

「そんなこと……いいんです。私が先に気に障ることを言ってしまいました。なんの取り柄もないのに、味方になるなんて……言葉にするのは簡単ですよね。信じてもらえなくても仕方ありません」

「いいえ」

マウロは首を横に振り、今しがた閉めたばかりの扉を心配そうに見つめた。

「それでも、セラフィーナ様をそばに置くと決めた以上、信用しなくてはいけません」

「信用できないから、そばに置くのではありませんか」

マウロの言葉に、セラフィーナは苦笑いする。

「そうでしょうか？　私には、リカルド様が貴女《あなた》を少なからず信用できると思ったから……監視するとおっしゃったように思えてなりません」

「信用できるのに、監視する……？」

二つの事柄が矛盾していて繋がらず、セラフィーナは眉根を寄せた。

「ええ。信用できなければ、生かしておくのは危険すぎます。物騒な話で申し訳ありませんが、秘密裏に人を殺《あや》めることは可能です。婚約者として城に置くふりをして……しばらくしたら病で死んだとでも言えば、誰にも真相はわかりません。この場所には、ほとんど誰も近づきませんから」

「……そう、ですね」

マウロには暗殺任務についた経験でもあるのだろうか。

前置き通り物騒な話だというのに、穏やかで優しい口調で話すものだから、不穏な話をしている感じがない。

「怖がらせるつもりはありませんが、どの国も城にはいろいろな陰謀が渦巻いているものです」

「陰謀……でも、今はもう争う必要はありませんよね？」

シャルドワ王国では、五年前に側室のソニアが毒殺され、その息子であるリカルドが公務をできなくなった時点で、王位継承権争いはなくなった。

そもそも事件の動機も、王位継承権争いというよりは私怨によるものだ。結果的にミケーレに王位が渡ることになっただけで、犯人の側室に息子がいたわけではない。

「ええ。ですが、リカルド様がポンコツではなくなったら……どうなるかわかりません」

「それは……リカルド様が演技をやめるつもりだということですか？」

セラフィーナの問いに、マウロはゆっくりと頷いた。

「はい。それももうタイムリミットが迫っています。王子二人が成人し、もうすぐ正式に次期国王――王太子が決まりますから」

「待ってください。王位継承権が欲しいのなら、そもそもどうして演技なんて……」

「リカルド様の母君――ソニア様の最期のお言葉が『生きてほしい』だったからです。ご承知の通り、リカルド様は五年前にソニア様が亡くなってからポンコツ王子を演じられております。それが、リカルド様の命を守ることになるからです」

「王位を継げないと、思わせるため……？」

生きてほしい――その母の願いを叶えるには、命を狙われた原因を除かなくてはならない。

犯人は優秀な王子を妬《ねた》んで二人を狙った。ならば、王城で生き残るためには優秀であってはいけない。ポンコツで、王位継承権から一番遠い存在にならなければ……

「その通りです。母君との約束を守るため、当時十三歳だったリカルド様が咄嗟に思いついたのがポンコツ王子になることでした。母を亡くして正気を失ったことにする……そうすれば、母君の願い通り生きていられる。そしていつか……復讐も、可能だと」

昨夜のリカルドの「殺してやる」という言葉が蘇《よみがえ》る。

「でも、もう犯人は……いないではありませんか」

「ええ。ですが、このままポンコツ王子であり続けることは、彼女に屈したことになるでしょう。リカルド様は、生きて王位を継ぐことで、彼女の計画を壊したいのです」

十三歳の子どもは、母の遺言を守ることに精一杯だった。とにかく生き抜くことが最優先事項だったから、ポンコツ王子になった。

「幼い頃からリカルド様を見てきた私は、すぐに演技を見破りましたが……幸いと言っていいのかどうか、他の者たちは騙されました。表立って動けないリカルド様の代わりに、私が第二王子の公務の一部を引き受けていることになっています。これでも、侯爵位を賜《たまわ》っているのですよ」

「侯爵様!?」

「もう隠居の身です。どうか、ただの世話係と思ってください。家督は五年前に息子に譲りましたから。リカルド様のお世話に専念するという口実のおかげで、早々に自由になれて感謝しているくらいです」

セラフィーナが驚くと、マウロはあっけらかんと笑う。

「自由と言っても、リカルド様のお手伝いは大変です。あまり表立っては動けませんし、家督を譲れば貴族院への影響力も衰えます。リカルド様の王位継承権を保つための説得も、そろそろ限界がきています。ですが、リカルド様は剣術や武術の腕を磨《みが》き、強く成長されました。城の内部の情報も入念に調べ、人間関係やそれぞれの思惑を把握しています。足りないのは人脈だけ……この五年で、大多数の人々がミケーレ様についてしまいましたから」

生きることを優先した代償は、あまりにも大きかった。

自分の身を守れるようになるため、自身の王位継承を優位に進めるための準備に費やしていた間に、人々はリカルドを見捨てた。

「そんな中、セラフィーナ様だけがリカルド様に寄り添ってくださいました。それでなのでしょうか。昨夜は少し……油断があったのかもしれません」

会場から離れた暗がりとはいえ、今までならばもっと慎重に行動していたはずだ。

「リカルド様は『駒《こま》』などという言葉をお使いになりましたが、セラフィーナ様はリカルド様の希望です。唯一、心を寄せてくださる……優しい方なのです。どうか、リカルド様を見捨てないでいただきたい。たとえ、王位に辿り着けなくとも……」

「見捨てるだなんて……王位は関係ありません。私はただ、傷ついたリカルド様の心が、少しでも救われることを祈っているだけです。そのために協力できることなら……なんでもします」

「ありがたいことです。本当に……ですが、嫌なことは嫌とおっしゃってください。私もリカルド様の幸せは願っておりますが、そのためにセラフィーナ様が犠牲になることは望んでおりません」

マウロはそう言って、困ったように笑う。

「私は私の意思で、ここに……リカルド様のおそばに参りました。心配なさらないでください」

「ありがとうございます」

セラフィーナがしっかりと返事をすると、マウロは深く頭を下げた。

それから簡単に城での注意事項を教えてくれた後、部屋を出ていった。

(リカルド様が、王位を……)

そのために入念な準備をしてきたのだから、セラフィーナに見つかってしまって計画が台無しになるのを恐れる気持ちも理解できる。

幸い、セラフィーナは田舎の男爵家出身で、黙らせることはできる。「なんでもする」という言質も取り、監視も兼ねてそばに置けば役に立つこともあると思ったのだろう。

彼女がリカルドのためにできることは、多くはない気がするけれど……

(でも、私にできることならなんでもやるわ)

リカルドの心が少しでも癒《いや》されることを願っている。

彼が王位を継承することで、母親の無念を晴らしたいと思っているのなら、できるかぎり協力しよう。

＊＊＊

「はぁ……」

思わず漏れた大きなため息は、浴室に反響した。

セラフィーナは肩まで湯に浸かり、今日の出来事を反芻《はんすう》する。

(陛下に会って、リカルド様に冷たくされて、マウロさんに謝られて……)

部屋に案内されてからは何もすることがなく、ぼうっとしていた気がするが、濃厚な一日だった。

(でも、一番驚いたのは、夕食の質素さだったわ)

硬いパン、冷めたスープ、メイン料理の肉も焼き加減が適当で無造作に皿に載っているだけ。

昨夜のパーティのような豪華な食事が出るとは思っていなかったが、王子のための食事としては眉を顰《ひそ》めるようなものだ。

リカルドもマウロも文句を言わなかったので、何も口出ししなかったけれど……

(それにしたって、私のほうがもう少しまともなものを作れそうだわ)

セラフィーナも料理の経験が豊富なわけではない。

たまにシェフが休暇を取るときに母の手伝いをしたり、菓子作りを教わったりしていた程度だ。

それでも温かいうちに食事を出すのは基本だし、盛り付けだって丁寧かどうかでだいぶ印象が変わる。

リカルドの居城で働くシェフの怠慢なのは明らかだった。

(言っても改善しないのかしら?)

今までずっとそうだったのだろうか。「ポンコツ王子」がシェフの解雇をできないとしても、マウロが手を打ちそうな気もするが……

(明日も同じようなら、聞いてみよう)

セラフィーナはそう決めて、湯から出る。

パウダールームに持ってきた夜着を手に取ったら、またため息が漏れた。

(これも、明日聞いてみないと)

彼女の手にあるのは、透け透けの絹の夜着だ。

クローゼットにあるものを自由に……と言われても、選択肢に希望のものがないのは困る。

これでも一番肌が隠れるものを選んだのだが、まったく足りない。

これからも首都に来るときのためにと、領地から持ってきていた夜着をトランクに詰めずに別荘に置いてきたことが悔やまれる。

ザイラが用意した――正確には彼女付きのメイドだろう――と言っていたが、これは明らかに初夜のためのものだ。

リカルドが「子ども」だと知っているのに、一体何を考えているのか。

セラフィーナはひとまずストールを羽織って部屋へ戻った。

幸い、部屋では一人なので眠るときだけ我慢しよう。そう思って扉を開けたのだけれど……

「遅かったな」

「っ、リカルド様……どうなさったのですか？」

浴室から出た彼女を迎えたのは、いつのまにかセラフィーナの部屋に来ていたリカルドだ。

彼はソファに腰かけ、本を読んでいたらしい。

セラフィーナはストールの合わせを握り、心もとない胸元を隠す。

「どう、とは？　初夜を一緒に過ごさない夫婦がどこにいる？」

「初夜!?　夫婦!?」

セラフィーナの驚きように、リカルドは肩を竦《すく》めた。

「なぜそんなに驚く？」

「ええ？　だって、初夜なんて……まだ正式には夫婦ではありませんし……」

「国王陛下と妃殿下が認めたのに、他に誰の許可が必要だと言うんだ？」

そう言われると言い返せない。

国王と正妃のお墨付きで、自分も彼と結婚することを了承した。あの場には証人もたくさんいたし、一緒に住むことになったのだから今さら「違う」と言うのも通じない。

「お前、なんでもすると言ったよな？」

「え……？」

リカルドがソファから立ち上がり、セラフィーナへ歩み寄る。

彼の指先がそっとセラフィーナの前髪に触れ、額からこめかみを伝って頬へ下りた。冷たい手のひらが頬にぴたりとくっついて、思わず首を竦《すく》める。

冷たいから驚いたのとは違う、不思議な感覚が背筋を伝う。まるで、痺《しび》れるような……

「セラフィーナ」

「は……い」

名を呼ばれただけなのに、心臓がドクンと大きく跳ねた。

自分を見下ろすリカルドの視線は少し怖い。

宝石のような紫色の瞳に映る自分の表情がよくわからない。

「お前には……俺の子を産んでもらう」

「――っ！」

それは、あまりにも衝撃的な台詞《せりふ》だった。

セラフィーナは目を見開き、口をパクパクさせる。驚きのあまり言葉が出てこない。

「マウロから聞いたのだろう？　俺がポンコツ王子を演じている理由を」

「それは……はい。でも……」

「俺がその演技をやめようとしていることも聞いたはずだ。俺は、王位継承権が欲しい」

「それが、どうして……子を、産むなんて……」

セラフィーナが思わず後ずさろうとすると、リカルドに手首を掴まれた。

やや乱暴に引っ張られ、ベッドへ押し倒される。その拍子にストールが肩から落ちた。

「あっ」

「国にとって……王家にとって、一番重要なのは後継者の存在だ。王位継承権を巡って争いが起きることがその証明だろう。つまり、俺に子ができれば……俺は優位になる。少なくとも、将来の血筋を保証できるという点でな。俺にはもう手段を選んでいる時間がない。信頼を取り戻せないのなら、無理やり納得させる。そのための『事実』が必要だ」

「それが、子どもだと言うのですか？」

そんな悲しい理由で子が欲しいだなんて……

セラフィーナがリカルドを見上げると、彼は唇を引き結んでその視線を受け止めた。

「……そうだ。ミケーレよりも優位に立つために必要な駒《こま》だ。なんでもすると言ったよな？」

少しの間は、リカルドの迷いの表れだろうか。

そうであってほしいと思う。

「どうした？　怖気づいたか？　味方になるなどと簡単に口にして……やはり自分の命が惜しかっただけだろう。それとも、『ポンコツ王子』の子など産みたくないか？　まぁ、それも当然か。周囲にどう思われるか、わかったものではないからな」

「っ、違います！」

リカルドがベッドから下りようと身体を起こすのを、今度はセラフィーナが手首を掴んで止めた。

「リカルド様の味方になりたいと言ったのは嘘ではありませんし、周りの人からどう思われるかも関係ありません。ただ、驚いて……子を産めと言われるとは、思わなかったので。あの……本当に、子ができたら……リカルド様は王位を継承できるのですか？」

「……ああ。王位継承は血を繋いでいくこと……後継者の存在は強みになる。俺が『ポンコツ王子』ではないことの証明にもなるだろうな。『ポンコツ王子』がお前を孕《はら》ませることができると考えるやつはいないだろう」

孕《はら》ませるという直接的な言葉に、セラフィーナの頬がカッと熱くなる。

「俺はもう、十三歳の弱々しい王子ではない。毒に対する耐性もつけたし、解毒薬の研究も進めている。剣術以外にも戦う術《すべ》はできる限り学んだ。城の内情、利害関係……俺が回復すれば、手のひらを返すだろう人間は少なくない。だが、人は自分の有利が確実にならないと動かないものだ。ミケーレは結婚に消極的、俺はそれ以前の問題……だが、お前と婚約した」

ミケーレがなかなか婚約者を選ばないというのは、昨夜のパーティからも察することができる。まだ空席の王子妃の座につきたくて、多くの娘が見初《みそ》められようと必死だった。

リカルドは結婚以前に国王としての能力にも問題があると思われている。だが、セラフィーナと婚約したことで、「回復さえすれば」という考えが生まれるかもしれない。

そして後継者を授かり、ポンコツではないことを公表すれば一気に有利になる。

「俺は……『ポンコツ王子』を演じなくても、身を守れるようになった。生きるだけで精一杯だった五年前とは違う。俺はこの国の正当な後継者としての自分を取り戻す」

「リカルド様……」

リカルドがどうして「ポンコツ王子」になったか。

母の遺言を守るため──十三歳の少年が、悲しみに暮れながらも母親の最期の言葉を守って生きてきた。優秀であれば命が危なく、生きるために演技をすれば自分のアイデンティティを捨てることになる。

自分を偽ることが、果たして本当に「生きる」ということなのか。

リカルドは失った尊厳を──本来彼が享受すべきものを取り戻すことを願っている。シャルドワ王国の王子として、国王として生きていく。

それが彼の望み……

「……わかりました」

セラフィーナはゆっくりと頷いた。

彼女を見下ろすリカルドの瞳の奥がゆらゆらと揺れている。迷いのような感情が浮かんでいるように思えた。

「一つだけ……聞いてもいいですか？」

「なんだ？」

「リカルド様は……私との間にできた子を、愛せますか？　ソニア様がリカルド様を愛されたように、子を……愛してくださいますか？」

リカルドは子どもを「自分に有利な駒《こま》」だと思っている。

切羽詰まった彼の状況は理解したいけれど、自分の子を駒《こま》扱いすることについてはいい気分ではない。

セラフィーナはリカルドから感じられる迷いが自分の勘違いではないことを願った。

「俺がここで『愛せない』と言うと思うか？」

彼女から目を逸らし、リカルドは自嘲気味に笑う。

だが、その仕草と声のトーンだけで、セラフィーナには十分だった。

「言わないと思います。でも……リカルド様はお母様の言いつけをずっと守っています。五年間、ご自分の本来の姿との間で苦しみながらも、ポンコツ王子として生きることを選びました。それほどにお母様を愛していらっしゃるのなら……きっと……血の繋がった子にもその愛を向けてくださると信じます」

セラフィーナの問いにどう返そうが、リカルドは彼女を従わせることができたはずだ。嘘でも「愛せる」と言えばいいし、「愛せない」と言ったところでセラフィーナは逃げられない。

それなのに、質問に質問で返したのは、リカルドが嘘をつけない優しい人だから――セラフィーナはそう信じた。

「……お前は本当に、変なやつだ」

どうしてだろう。

リカルドのその言葉が、自分を少しだけ認めてくれたような証に思えて嬉しい。「変なやつだ」なんて、到底褒め言葉とは思えないのに……

「変でもいいと、申し上げたでしょう？」

「……戻れないぞ」

セラフィーナは王子の言葉に頷いた。

ゆっくりと目尻を親指でなぞられると、ぞくりと背筋に痺《しび》れるような感覚が走る。

「やはり怖気づいたか？」

「そう、じゃないです……」

「だが、震えている。そんなに怯えられると、俺が悪いみたいだ。同意もなく手籠《てご》めにしているような気分になる」

演技が抜けると強気なはずのリカルドが、そんなことを気にするとは意外だった。同時に、彼の隠し切れない優しさを感じられて、胸が切なく疼《うず》く。

「怖いのはリカルド様じゃありません……初めて、だから……」

「乱暴にするつもりはない」

指の甲で頬を撫でられると、鳥肌が立った。

「……っ、信じ、ます」

くすぐったさに首を竦《すく》めるのと同時に、リカルドの顔が近づく。

ふわりと柔らかい感触が触れたのは一瞬で、ゆっくりと離れた。

それがキスと呼べるほどの触れ合いなのかどうか……わからない。セラフィーナは微かに残る彼の唇の感触を確かめるように、自分のそれを指でなぞる。

「今の……キス、ですか？」

「それ以外に何かあるのか？」

「えと、それは、ない……と思いますけど、その……キスも、初めてだから、わからなくて」

しどろもどろになるセラフィーナが可笑《おか》しかったのか、リカルドがクッと笑った。

演技の笑顔ではない、自然に緩んだ表情にドキリとする。

「それなら、わかるように……もっとしてやろう」

「えっ、ン！」

今度はしっかりと感触がわかるくらい強く唇が押し付けられる。先ほどよりも長く重なってから離れ、すぐにまた触れ合う。

ちゅっと微かに音がして、触れるだけだったのが啄《ついば》むようなキスに変わり、そのたびに唇が熱く濡れた。

「ん……リカルド、さま……」

どのタイミングで息をしたらいいのかわからず、だんだんと苦しくなってくる。

セラフィーナは思わずリカルドの胸に両手をつくが、彼はキスをやめてくれない。

「まっ、て……ひゃっ、んぅ、ん！」

彼を制止しようと声を上げると、ぺろりと唇を舐められて驚いた。その隙に唇を割って入ってきたものにさらにびっくりして、セラフィーナはリカルドの胸を叩く。

しかし、彼女の抵抗はリカルドにとっては些細なもの。

身を捩《よじ》ろうにも、身体の大きな男性に押し倒された状態では動けない。

その間にも、リカルドの舌はゆっくりとセラフィーナの口内を探った。

「っ、ふ……んんっ」

ちろちろと彼の舌先が歯列や上顎《うわあご》に当たってくすぐったい。予測できない動きのせいで、ほんのわずかに触れるだけで身体が跳ねる。

そんな彼女を慰めるかのように、リカルドの手が肩を撫でた。

「は……ん、あ……」

リカルドは自分の胸を押し返していたセラフィーナの腕をそっと除け、彼女の膨らみに触れる。

「――っ、ン」

反射的に彼の腕を掴むと、リカルドが唇を離した。

「セラフィーナ」

「あ……ご、めんなさ……驚いた、だけで……」

リカルドの硬い声に、セラフィーナは慌てて手を引く。

彼を拒絶するつもりはない。ただ、男性に触れられたことがないから、恥ずかしさと驚きで身体が勝手に動いてしまうだけだ。

リカルドは何も言わず、じっとセラフィーナを見つめたままでいる。

失望しただろうか。

やはり口だけだと思われたら？

「もっ、もう大丈夫、ですから……続けてください」

セラフィーナは両手をベッドに投げ出し、抵抗する意思がないことを示す。

すると、リカルドはセラフィーナの手を取って彼女の身体を起こした。

「リカルド様？」

「それなら……直接……」

「っ、はい……あの、えっと……」

こういうことは、身を任せるだけではいけないのだろうか。

初めてのことでよくわからず、セラフィーナは自ら夜着を脱ごうと手をかけた。

「おい、待て。後ろを向くだけでいい」

「え？　あ……そう、ですか？」

リカルドがセラフィーナの腕を掴むので、彼女はおずおずと身体の向きを変える。

肩紐に手がかかると、心臓の音が大きくなった気がした。

「こんな薄い布でも……あるともどかしいものなんだな」

「そ、うでしょうか？」

正直、セラフィーナは薄すぎる夜着があってもなくてもあまり大差ないと感じていたのだが……リカルドは違うらしい。

「っ……」

リカルドの手が、布の触り心地まで確かめるようにゆっくりと肩紐をずらしていく。もどかしいと言う割には、丁寧に脱がせようとしているらしい。

時間をかけられると緊張が増す。もういっそのこと、一気に剥ぎ取ってくれたほうが恥じらいも少なく開き直れそうだ。

「リカルド様……あの、恥ずかしいので、早く……」

「……急かすな」

ムッとしたような声。

リカルドは怖がらせないようにしてくれているのに、余計なことを言ってしまったようだ。

「まぁいい。望み通り早く脱がせてやる」

リカルドはそう言って夜着をセラフィーナの肩から腕に滑らせながら、耳元で「ほら」と促す。

彼女は首を竦《すく》めた。

「腕を通せ」

「っ、わかりました」

彼の指示通り、セラフィーナは腕を抜く。上半身が空気に触れると肌が粟立《あわだ》った。

こんな薄い布一枚でも、あるのとないのとでは感覚が違うのだと知る。

「肌が白いな……田舎貴族でも、令嬢らしい生活はしていたようだな」

「あっ」

つぅっと指で背をなぞられ、セラフィーナの肩がビクリと跳ねる。

「なかなか色っぽい声も出す」

「そんなこと……！」

「悪いことではないだろう。俺は……そそられる」

「ん……っ」

後ろから逞《たくま》しい腕がセラフィーナの身体に巻きついて、耳たぶを柔らかく食《は》まれた。

「細いな……折れてしまいそうだ」

リカルドが彼女を抱きしめつつ、腕に手を這わせて囁《ささや》く。

セラフィーナの身体を傷つけないように探るような触れ方——壊れ物を扱うかのような手つきに、

涙が出そうになる。

「リ、カルド、さま……」

「首も肩も……華奢《きゃしゃ》だ。手も小さい」

首と肩には唇を押しつけながら、手は大きな自分の手で包み込みながら……リカルドはセラフィーナの身体を確かめていく。

ビクビクと身体が反応するたびに、触れられていない腹の奥が切なく疼《うず》くような感覚があって、彼女を困惑させた。

「腰も、細いな」

「あ……っ、ん」

腰のくびれをなぞられて、熱い手のひらが腹にぴたりとくっつく。

その奥で生まれているむず痒《がゆ》い感覚を知られてしまいそうで、セラフィーナは唇を噛んだ。

どうしてか、自分の感じる熱が恥ずかしいものだと思えてならない。

「震えているな。怖いか?」

「ち、がいます……でも、恥ずかしくて……どうしたらいいのか、わかりません」

セラフィーナが首を横に振ると、リカルドの吐息が耳にかかった。

「これで恥ずかしがっていては、最後まで耐えられないぞ」

「んっ、でも、心臓が……壊れちゃいそうで……あっ!」

そう言った瞬間、リカルドの手が胸の膨らみを覆う。

「ああ、ドキドキしているのが伝わってくる」

「そ、こは、違……っ、ん……」

むにゅりと膨らみを揉まれて、セラフィーナは身を捩《よじ》る。

だが、それに構うことなく、リカルドは乳房の弾力を楽しむように手を動かした。

「柔らかい……細いのに、いやらしい身体をしているな」

「っ、そんなこと……言わないで、くださ……」

「なぜだ？　触り心地がいいと言っているのに」

いつのまにか両方の胸を揉みながら、リカルドははぁっとため息をつく。

下からすくいあげるようにして膨らみを揺らし、ゆっくりと形を変えて……リカルドの言葉数が少なくなる。その代わりに耳元で感じられる息遣いが荒くなった気がした。

「あ……ん、ふ……」

乳房に触れる手の熱さが伝わって、セラフィーナの身体もじわじわと熱を帯びていく。

「気持ちいいな」

リカルドの上ずった声は、セラフィーナに語りかけているというよりは、独り言のような呟きだった。

だが、それを聞いた瞬間、彼の「気持ちいい」という言葉と自分の感覚が結びつく。セラフィーナが熱いと感じるものの正体は、快感だ。

「っ、あ……ン、ああ……」

自覚すると、ふわふわとしていた感覚がはっきりとしてくる。

リカルドに触れられて気持ちいいと感じているのだ、と。

「ああ……っ、はぁ……」

「声が変わったな……ここも……硬くなった」

「あんっ」

膨らみの先端を指で突かれ、鼻にかかった声が出た。

自分のものとは思えないような甘い嬌声に、セラフィーナは手の甲を唇に押し当てる。

恥ずかしい。

胸の先端が硬く尖《とが》っているのも、声が出るのも、身体がくねってしまうのも……いやらしい行為で気持ちよくなっているからなのだとわかる。

それをリカルドに悟られたら、どう思われるのか……

「セラフィーナ……気持ちいいのか？」

「んっ、う……」

ふるふると首を横に振って否定する。

「では、どうしてここが硬くなっている？」

リカルドは彼女を咎《とが》めるように胸の先端を摘まんだ。

ぐりぐりと強めに捏《こ》ねられているのに、ビリビリと痺《しび》れるような感覚はやはり……気持ちいい。

「や、あ……強く、しないで……」

はしたない自分を知るのが怖い。

自分の身体のことなのに、リカルドに触れられてわからないことばかりだと気づかされて……どうしたらいいのか混乱してしまう。

男女の交わりを勉強したとき、こんなふうに声が出てしまったり、気持ちよくなってしまったりするとは教わらなかった。

ということは、自分はきちんとできていないのではないか。

「う、あ……変に、なっちゃいますから……だめ……やめて。リカルドさま……」

「セラフィーナ」

ぽろぽろと涙を零《こぼ》して訴えると、リカルドがぎゅっと彼女を抱きしめた。

セラフィーナの顎《あご》をそっと掴み、顔を横に向けさせて、頬に口づける。

「泣くな」

「でも……私、変で……もっと、ちゃんとしないと……」

「変じゃない。気持ちいいと感じているのなら、正常だ。それとも、痛かったのか？」

その問いにセラフィーナが首を横に振ると、リカルドはホッと息を吐いた。

「それならいい。乱暴にはしたくないと言っただろう。気持ちよくなってくれれば、初めての痛みも少しは和らぐだろうから……続けてもいいか？」

「……ん。わ、かりました」

リカルドに正常だと言われて、少し安心する。彼が大丈夫だと判断しているのなら、自分はリカルドの希望通りにできているということだ。

「こっち、向け」

「あ――っ」

リカルドはセラフィーナを仰向けにベッドに押し倒し、両手で膨らみを掴んだ。

ふにふにと弾力に指が沈んで、形が変わるのがわかる。

じっと胸に注がれる視線――紫色の瞳の奥に野性的な荒さを感じて、セラフィーナは顔を横に背けた。

怖いわけではない。ただ、自分の身体を観察するような視線が恥ずかしくて、受け止められなかったのだ。

「んっ、う……あ、ああッ」

親指の腹が両胸の先端をくるくると撫でる。

柔らかかった頂がツンと尖《とが》っていくにつれ、刺激も強く感じるようになった。

「あっ、んん……んぅ、は……ッ」

「声も出していい。我慢するな」

「や……あんっ」

声を抑えようとするセラフィーナに対し、リカルドは反対のことを言う。さらに、声を出させようとしているのか、胸の先端を何度も引っ掻いて快感を引き出した。

セラフィーナはいやらしい声が漏れ出ないよう、手の甲を唇に押し当てて必死なのに……

彼女が視線で訴えようとリカルドを見ると、ちょうど彼が頭を下げた。

「っ、あ——や、あぁっ！」

ふわりと髪の毛が胸元に触れたと思ったら、胸の先端が温かいものに包まれた。

ちゅうっと吸い上げられ、セラフィーナは背をしならせてシーツを掴む。

「あ、ああ……んっ」

温かい口内で、ざらついた舌に蕾《つぼみ》を嬲《なぶ》られると、ぴりぴりとした快感の粒が腹の奥に溜まっていく。

もう片方の胸の蕾《つぼみ》は指で捏《こ》ねられ、生まれるのは異なる刺激なのに……同じように下腹部が熱くなった。

身体の奥から溢れてくる何か……脚の付け根が気になって仕方ない。

セラフィーナは無意識に膝を擦り合わせる。

「腰が浮いている。足も……先ほどから気になるようだな」

そんな彼女の反応に気づいて、リカルドが胸元から顔を上げた。

彼はセラフィーナの腹に絡まっている夜着をぐっと引っ張り、下着ごと足から引き抜こうとする。

「え、やっ、待って！」

脱がなければいけないことを理解していたはずなのに、いざそうなると制止の言葉が口をついて出た。

だが、伸ばした手は間に合わず、セラフィーナはあっという間に生まれたままの姿になる。

起こしかけた身体が再び倒れたのは、くしゃくしゃになったドレスが投げ出されるのと同時で、セラフィーナは「きゃっ」と短い悲鳴を上げた。

「すごいな……こんなふうに、濡れるのか」

「え？　あ、うそ……やだっ」

驚いて呆然と天蓋《てんがい》を見つめてしまったが、リカルドの上ずった声で我に返った。

気づけばセラフィーナは膝を押し開かれ、秘めるべき場所をリカルドに見せつけているような格好になっていたのだ。

「お願い、見ないでください。あ――」

慌てて手を伸ばし、秘所を隠そうとするが、リカルドのほうが少し早くその場所に触れた。

割れ目に沿って指が上下に動く。

彼の指にまとわりつくぬめりが、自分の中から溢れた蜜だとわかるのが恥ずかしい。

「ここから出てくる」

「あっ、指、だめ……んっ」

リカルドは蜜の出どころを探って、指先を泉の入り口に差し込む。

ほんの少し先端だけを埋め込んで緩く動かされると、くちゅくちゅと微かに音が響いた。

それは紛れもなく、セラフィーナの中から蜜が溢れてくる証拠……

「や、あっ、あ……音、やぁ……」

いやらしい水音は、自分の嬌声よりももっと羞恥心を煽《あお》る。

「奥は……どうなっている？」

「あ――っ、んん」

リカルドが泉の浅い場所で動かしていた指をゆっくりと奥へ沈め、セラフィーナは枕に頭を擦りつけた。

少しずつ圧迫感が大きくなって違和感があるのに、奥のほうがキュンと疼《うず》く。苦しいと思う自分ともっと欲しいと思う自分が混在していて、変な気分だ。

脚に力が入ってしまうと中もうねって、受け入れているリカルドの指を締め付けてしまう。

「熱い……柔らかくて、俺の指にまとわりついてくる」

「んっ、は……リカルド、さまぁ……ぬ、いて……や、あ……」

「抜くのか？」

ゆっくりと指が引き抜かれると、違和感が引いた安堵《あんど》とともに、なぜか物足りなさを感じる。

「あ……」

さらに、抜けた指の隙間を埋めるように、奥から蜜が流れてくるのがわかった。

「ヒクヒクして、いやらしいぞ」

「や、そんな……見たら、だめです」

膝を閉じようとするが、リカルドに太腿を掴まれて阻まれる。

「隠すな。お前の身体を知らないと、傷つけてしまう。それに……こうして淫らな姿を見ると興奮する。子を作るには、俺を興奮させていないといけないのだから、むしろ見せつけるくらいでいい」

「う……ほ、本当ですか？」

子を作るためと言われたら拒否できない。

「ああ。ほら、力を抜け」

「——っ」

そう言われて、セラフィーナは戸惑いつつも脚の力を抜いた。自ら脚を開く格好になり、恥ずかしくて顔を両手で覆う。

リカルドの視線が自分の秘所に注がれているのだと思うと、身体が熱くなった。

「また零《こぼ》れてきた。お前も見られて興奮しているのだろう？　身体が俺を受け入れたいと……子種が欲しいと、言っているみたいだな」

クスっとリカルドが笑うのと同時に、秘所に息がかかる。

「そんな……っ、え！　あっ、や、ああッ」

驚いて頭を起こすと、リカルドが脚の間に顔を埋めていた。

すぐにねっとりと舌を這わされて、ビクンと腰が浮く。

「んっ、は……あっ」

ざらついた感触が柔肌を撫でた後、舌先で割れ目をなぞられた。

溢れる蜜を舐める行為はいやらしく恥ずかしいと思うのに、舌の動きを追ってしまう。

蜜口の周りをくすぐるように、零《こぼ》れる愛液を味わうように……ぴちゃぴちゃと音が立って、セラフィーナの官能を刺激する。

「舐めても舐めても……ん、追いつかない……」

「あっ、そこで、喋ったら……あ、はぁんっ」

秘所に触れている唇の動きと熱い吐息だけでも十分な快感を生む。

セラフィーナは身を捩《よじ》って悶《もだ》えた。身体が無意識にリカルドから離れようとするけれど、太腿を抱え込まれていて逃げられない。

渇いた喉を潤そうとするかのように、夢中で蜜を貪《むさぼ》るリカルド——余裕のない彼の表情が、セラフィーナの心を揺らす。

自分でも見たことのない場所を暴かれていることに背徳感を覚えつつも、リカルドが自分を強く求めているように感じられて……嬉しい。

そう思った途端、腹の奥が疼《うず》いて快感が強くなった。

「っ、あ……あぁん、あっ、あ……」

たとえ利害関係にあったとしても、リカルドは自分を必要としている。

子孫を残すということの本能的な行為に没頭する――無防備な姿を見せてくれるということは、彼にとって自分が少しは信用に値すると認められたような気がした。

否、それはセラフィーナの願望だ。

リカルドの信頼を得たい。何も隠さないでほしい。演技ではなく、本当の彼を見せてほしい。

自分はもうすべてを彼に曝《さら》け出しているのだから……

「声が高くなった……もっと、聞かせろ」

「ん、ああ――っ」

リカルドが割れ目の上に吸い付くと、今まで一番の快感が背を伝った。

「ここは、そんなに感じるのか？　真っ赤になって……すごいな」

「あっ、だめ、んん……ッ、は……あぁっ」

ツンと指先で突かれ、目の前でチカチカと光の粒が散った。

リカルドはその赤い芽をぺろりと舌で撫でたり吸ったりと、セラフィーナの反応を楽しむように刺激し続ける。

あまりの快感に、セラフィーナはシーツを掴み身をくねらせて喘《あえ》いだ。

「はぅ……あっ、あ……あぁ、んあ、や……」

腹の奥がぐずぐずに蕩《とろ》けて、蜜が止まらない。

リカルドが溢れるそれを舐めとり、その愛撫でまた秘所がしとどに濡れていく。ひっきりなしに生まれる快楽は、波のようにセラフィーナに襲いかかった。

「ん、はぁっ、ああ――や、なんか、きちゃ……っ、あっ、あぁッ」

足の爪先に力が入り、息が苦しくなる。

秘芽を執拗《しつよう》に嬲《なぶ》られて、腹の奥に溜まっていた快感が急激に膨らんで――

「あ、あっ、や……あぁんっ……ああ――」

ビクンと一際大きく身体が跳ねた瞬間、セラフィーナの息が止まった。

五感のすべてが一度閉じたような静寂があったかに思えたけれど、それはほんの一瞬で、すぐに全身から汗が噴き出す。

短く速い呼吸音も、大きく響く鼓動も、自分のものだとわかるのだが、自分の身に何が起こったのかはうまく理解できない。

「すごいな。ビクビクしている」

リカルドがほぅっと感嘆の息を吐きつつ、彼女の腰のくびれを撫でる。

たったそれだけで、セラフィーナは背を反らせ、嬌声を上げた。

「あっ」

えるから、敏感になったんだな」

ほんの少し肌に触れられただけなのに、胸の先端や秘所を舐められていたときのような刺激を覚える。

腹の奥が熱くなり、濡れそぼった泉の入り口がきゅんと切なく疼《うず》く。

自分の身体の反応が恥ずかしくて、セラフィーナは膝を擦り合わせた。

「物足りなさそうだな。もう一度、中を触ってやる」

「や、ああっ！」

リカルドがやや性急にセラフィーナの脚の間に手を入れ込む。

そのまま濡れた秘所をまさぐり、蜜口を見つけると迷いなく指を沈めた。

たっぷりと蜜に塗《まみ》れたその場所は、なんの抵抗もなく彼の長い指を呑み込んでいく。

「ああ、さっきよりも熱い……ほら、すんなり奥まで入った。わかるか？」

「んあっ、あ、だめぇ」

くにくにと指先を動かされ、セラフィーナは腰をくねらせる。

最初に指を入れられたときの違和感はほとんどない。リカルドもそれがわかったのか、ゆっくりと指を抜き差しし始めた。

「あっ……は、あ……」

指先まで引き抜いて、また奥へ差し込んで……じれったいほどの時間をかけて抜き差しを繰り返した後、圧迫感が強くなった。

「んんっ」

「二本でも大丈夫そうだな」

「あぅ……んっ、あぁ、はぁん……」

違和感が戻ってきたような気はするが、痛みはない。

隘路《あいろ》を押し広げる指が奥まで届くと、腹の裏の柔らかい部分を揉むように刺激される。

「俺の指を締め付けようとして中がうねると、とろとろの蜜が絡みついてくる。この感触……気持ちよさそうだ」

リカルドはごくりと喉を鳴らし、指を引き抜いた。そしてもどかしそうにシャツを脱ぎ、ズボンを寛《くつろ》げる。

そこでずっと自分だけが裸だったのだと気づき、セラフィーナの頬が熱くなった。

そんな恥じらいを覚えたのも束の間……秘所にぴたりとくっついたものの熱さに、ビクリと身体が震える。

「あ……」

「怖がるな。これだけ濡れていれば大丈夫だから……」

秘所に宛がわれたものがリカルドの昂《たかぶ》りだということは、事前の知識から推測できた。

しかし、本当に大丈夫なのかどうか不安だ。

怖くて見る勇気はないけれど、宛がわれている感触からすると、昂《たかぶ》りはかなり大きく感じられるから。

ぬるぬると濡れそぼった割れ目に沿って、昂《たかぶ》りが擦りつけられる。

「んっ、は……」

先端が秘芽に擦れると、痺《しび》れにも似た快感が身体を巡って腰が浮いた。

未知のものが自分の身体に触れているというのに、蜜口はそれを待ちきれないと言わんばかりに疼《うず》いている。

「もう……挿《い》れるぞ」

リカルドも耐えきれなくなったのか、セラフィーナの膝を掴んで大きく広げさせ、昂《たかぶ》りの先端を泉の入り口にぴたりとくっつけた。

「あっ」

くぷりと先端が入り、少しずつ奥へ進んでいく。

指とは比べ物にならない圧迫感と異物感に、セラフィーナはシーツを強く握った。

「ああ、や……苦し、ン……ふぁ、あ……」

「っ、力、抜け」

そう言われても、どのようにすればいいのかがわからない。

男性の象徴を初めて受け入れる中は、セラフィーナの意思とは関係なくうねって、昂《たかぶ》りを奥へ誘っている。

「んんぅ――」

「っ、く……は……」

苦しくて涙の滲《にじ》む視界では、リカルドも眉根を寄せて険しい表情に見えた。

「リ、カルド、さま……あっ」

セラフィーナが彼に手を伸ばしたのと同時に、リカルドが腰をグッと押し付ける。

リカルドは荒い呼吸を繰り返しつつ、彼女の手を掴んだ。

「あまり……触れるな。我慢、できな……っ……」

痛みに耐えるような、絞り出すような声だ。

「ごめんなさい。あの……痛い、ですか？」

「そうじゃない……お前は？」

セラフィーナの下腹部もじりじりと熱いが、痛みとは違う。

彼女はゆっくりと首を横に振った。

すると、リカルドはふーっと長い息を吐き、セラフィーナの耳元に顔を近づける。

「そうか……」

彼の囁《ささや》きと呼吸音が直接脳に響く。

ぞわぞわと背を伝ったのは、歯痒《はがゆ》さを伴う快感……

「っ……大胆に、誘うんだな」

「ん、誘ってなんて……」

「いないか？　だが、お前の中は俺を食いちぎりそうなくらい締め付けて……子種を搾《しぼ》り取ろうとしているみたいだ」

リカルドの片手がゆっくりとセラフィーナの腹を撫でる。

昂《たかぶ》りを呑み込む場所をなぞるかのような動きが淫猥《いんわい》で、セラフィーナは身体を震わせた。

「あっ、やだ……そんな触り方……」

「お互い様だな。お前も、俺の形を覚えようと絡みついてきている」

「あんッ」

リカルドはセラフィーナの耳たぶをぺろりと舐めた後、上半身を起こす。

セラフィーナの両手首を掴み、シーツに縫い付けて、ゆるりと腰を揺らした。

「悪い。少し痛いかもしれないが、もう限界だ」

「あっ、あ、ああ……」

ぐっ、ぐっ、と……奥を突かれると、声が出てしまう。

リカルドが腰を押し込むたびに圧迫感を覚える。彼の言うように痛みにも感じられるが、その一言で片付けてしまうにはあまりにも鈍い。

何か痛みとは別の感覚が混ざっていて、相殺しているような……

「セラフィーナ。快感だけに集中しろ」

「あんっ、ン、はぁっ……わ、からな……」

痛みに混ざっているのは、快感なのだろうか。

どうしたら集中できるのか。

初めての行為で戸惑いばかりが先に立つ。

「さっき……たくさん、感じていた……ほら、ここ……」

「あ――」

リカルドの動きに合わせて揺れる膨らみを、彼の手が荒々しく掴む。ツンと尖《とが》った先端が手のひらに擦れて、きゅんと腹の奥が疼《うず》いた。

ぬちゅ、と粘着質な音を立てる結合部にリカルドのもう片方の手が伸び、秘芽を指の腹で擦る。

「あぁっ、あん、あ、だめぇ！」

眠っていた感覚が一気に目覚めたような気がした。

「やはり、こっちがいいみたいだな」

悲鳴にも似た声で喘《あえ》ぐセラフィーナを見て、リカルドは秘芽を摘まんで刺激を与える。

泉から溢れる蜜を塗り込むように擦られると、目の前で火花が散った。

「あ、ふ……ああっ」

背を反らし、身を捩《よじ》るセラフィーナ。

リカルドはぐっと呻《うめ》いて、彼女の腰を掴んだ。

「っ、締めすぎ、だ」

「あっ、あ……や……っ、ああんっ」

律動が速くなって、セラフィーナの身体が大きく揺さぶられる。

昂《たかぶ》りが先端まで抜け、また奥まで届き……何度も突かれて声が止まらない。

「やあ、あっ、リカルド、さまぁ……あっ、あ、あぁっ」

「よくなってきたみたいだな」

リカルドはどこか嬉しそうに呟き、彼女の奥を探るように腰を動かした。

昂《たかぶ》りの先端が柔らかく蕩《とろ》け始めた中の壁をぐりぐりと刺激する。

「は、う……んんっ、あっ」

身体の中心から全身に熱が広がっていく。

リカルドが浅い呼吸を繰り返しながらも夢中で腰を揺らす様子を見ると、ドキリとして彼を呑み込んでいる場所がうねった。

「く……こんなに、気持ち……のかっ」

リカルドが目を閉じて動きを止める。

快感が途切れた歯痒《はがゆ》さに、セラフィーナは無意識に腰をくねらせた。

「はっ……もっと、突いてほしそうな反応だな」

「あ、だって……」

「だって?」

リカルドが目を細めてセラフィーナの腰を撫でる。

目元を赤くし、呼吸も苦しそうなのに、余裕があるようにも見えるのはどうしてなのだろうか。

思えば、彼は最初からセラフィーナよりもこの行為についてよく知っていた。きっと、経験があるのだ。

そう思ったら、なぜかとても悲しくなって、セラフィーナは涙を零《こぼ》した。

「いじわる、しないでください。私は、初めてなのに……」

「俺……っ、いや……」

リカルドは何かを言いかけたが、口を手で押さえてやめてしまう。

それからふぅっと息を吐き出すと、セラフィーナの頬に手を添えた。そこに伝う涙を親指で拭う。

「泣くな。もっと、その……激しくても、大丈夫か……確認したかっただけだ」

「……ん、いいです……もっと、して……」

子を作るためには、リカルドが自分の中で果てなければいけない。

そして、彼が絶頂を迎えるには、もっと気持ちよくなってもらわなければ——セラフィーナは自分のなけなしの知識からそう結論に辿り着き、こくこくと頷いた。

「っ、言質は取ったからな……はぁ……これ以上、んっ……止まれない」

「あっ……あ、ああ……」

リカルドがビクッと震えた気がしたのだが、すぐに腰を前後に揺らし始めたので勘違いだったかもしれない。

ゆっくりと抜き差しされる昂《たかぶ》りが、先ほどよりも大きく感じられる。

激しくしてもいいのかと聞いてはいたが、リカルドの動きは慎重で、セラフィーナの身体を気遣っているように思えた。

彼女の反応を見つつ、少しずつ律動を速めていく。

「……っ、あぁん」

彼と繋がっている部分がぐちゅぐちゅと音を立てる。

リカルドに視線を向けると、彼は自分の昂《たかぶ》りが彼女の泉に出入りする様子を観察するように見下ろしていた。

どんな光景が彼の目に映っているのかはわからない。ただ、それが卑猥なものであることだけは確かだ。

「やっ、そんな、見ないで……」

「ダメだ。見たい……お前が、俺を呑み込んでいるところ……っ、は……今、締まった」

「やあっ、あ、あっ」

リカルドは興奮した様子で息を乱し、腰を打ち付ける。

激しく揺さぶられ、セラフィーナはひっきりなしに嬌声を上げた。

「んっ、あ、ああ……」

また大きな快楽の波が押し寄せる感覚が戻ってきて、身体が熱くなる。

つい先ほどまでは余裕がありそうに見えたリカルドも、今では理性よりも本能でセラフィーナを突き上げているように見えた。

狼が獲物を捕らえるかの如くギラついた目。だが、彼を離さないのはセラフィーナも同じ。

昂《たかぶ》りが引き抜かれるときは逃すまいと、押し込まれるときはさらに奥へと……中がうねって彼のものをしっかりと咥《くわ》え込んでいる。

これ以上ないほどの快楽を与えられているのに、身体は貪欲にその先を求めた。

「あぁ、あ……んッ、はぁん」

初めて男性の昂《たかぶ》りを受け入れた違和感は、とうになくなっている。

セラフィーナはもう、リカルドに与えられる悦《よろこ》びを知ってしまった。

このまま気持ちよくなれば、また絶頂を迎えるのだと……下腹部で燻《くすぶ》る熱が弾ける瞬間の快感をもう一度味わいたいと、身体が欲する。

「あ……また、きちゃ……」

ぞくりと肌が粟立《あわだ》って、爪先に力が入った。

その瞬間、昂《たかぶ》りをいっそう締め付けてしまい、リカルドが苦しそうに呻《うめ》く。

「っ、く……も、我慢、できな……ッ」

肌を打ち付ける音が大きくなり、セラフィーナの脚ががくがくと揺れた。

何度も何度も最奥を突かれて、わけがわからなくなる。

大きく膨らんでいく快楽だけに意識が持っていかれ、感じられるのは絶頂が迫ってくることだけだ。

腹の奥——身体の中心が熱くて仕方ない。

汗が滲《にじ》み、呼吸が乱れ、頭の中に霞《かすみ》がかかって……

「んぁっ、は、ああっ、だめ……あ、あ、っああ——！」

「ん……」

セラフィーナが背を反らし、身体を硬直させると、リカルドも息を詰めた。

ぐっ、ぐっと腰を押しつけられ、奥で熱いものが爆《は》ぜる。

「あ……」

そうして注がれる白濁を、最後の一滴まで搾《しぼ》り取るようにセラフィーナの中がうねった。

不思議な感覚に、彼女は思わず自分の下腹部に手を当てる。

淫らに身体を重ね、繋がって……自分の身体の反応に戸惑うことばかりだったけれど、今この瞬間はとても温かい気持ちを抱いているのだ。

好き合っているわけではない。

これは、二人の間の契約。

子を授かるためだけの行為。

それなのに……どうして満たされているのだろう。

「リカルド様」

「ん、少し……待て……」

リカルドは両手をベッドについたまま肩で呼吸をしている。その視線はセラフィーナの腹に向けられている気がした。

彼も、セラフィーナと同じように不思議な感覚を持て余しているのだろうか。

しばらく息を整える時間を取り、やがてリカルドが彼女の中から抜け出す。

後を追うようにとろりと零《こぼ》れたのは、セラフィーナの蜜と彼の精が混ざったもの。

リカルドはそれを見て喉を鳴らしたが、目を瞑《つぶ》って長い息を吐き出すと、気を取り直したようにセラフィーナの身体を起こした。

「身体……大丈夫か？」

「あ、えと……はい」

「それなら、歩けるか？　もう一度……湯浴みを、したほうがいいだろう」

そう気遣ってくれるが、微妙にセラフィーナから視線を外している。

「ありがとう、ございます。あの、でも、リカルド様は……？」

王子のリカルドを差し置いて、自分が先に湯浴みをするのは気が引ける。

だが、彼は首を横に振った。

「俺は後でいい。お前は身体を冷やさないほうがいいだろう……早く行ってこい」

「わかりました。それでは、お言葉に甘えて……」

リカルドの気遣いは、子を授かるためだ。

この身体が大切なのも……

彼女はほんの少し寂しさを感じつつ、ゆっくりとベッドを下りた。

脚の間にじくじくと鈍い違和感があるけれど、わがままは言えない。震える脚になんとか力を入れて立つ。

ややふらついたが、寝室から扉を隔ててすぐの浴室までは歩けそうだ。

セラフィーナはベッドを振り返り、くしゃくしゃになった夜着を抱えて身体を隠した。さすがに恥じらいもなく裸で部屋を歩き回れるほどの度胸はない。

リカルドは彼女に背を向けている。

(ちゃんと……できた、のよね……)

表情が見えず不安だが、何も言わないのなら、ひとまず目的は果たせたのだろう。

満たされた気持ちになったり、寂しく感じたり、忙しなく移り変わる感情をうまく呑み込めない。

ただわかるのは、リカルドの言う通りにすべきだということだ。

セラフィーナは夜着をぎゅっと握りしめ、浴室へと向かった。

身体を清めた後、いつのまにか用意されていた新しい夜着を身につけ、セラフィーナは寝室へ戻った。リカルドは彼女と入れ替わりに湯浴みへ向かったので、手持ち無沙汰だ。

ベッドは綺麗にメイキングされている。

セラフィーナの服の用意もそうだが、どうやらリカルドが自らやっているらしい。

ポンコツ王子の演技を見抜かれないようにするには、できるだけ他人との接触を避けるのが一番。

それはわかるのだが、王子が身の回りのことをすべて自分でやるというのは普通ではない。

母親を失い、王子として享受すべきものを奪われたリカルド。

生きるために自らの人格まで殺し、嘘で塗り固めてきた五年間を埋めるのは、容易なことではない。

(だけど、これからは私がリカルド様の一番近くにいることになる)

彼を支えたいと思うのは、人として当然のことだろう。少なくともセラフィーナにとっては、それが自然な感情だった。

セラフィーナがベッドに横になると、シーツに皺《しわ》ができる。

(今すぐじゃなくても……)

夫婦になった経緯や未来がどうなるかは関係ない。

ずっと一緒に過ごしていくのなら、警戒心を抱いたままでいられるのは嫌だ。

セラフィーナはもう本当のリカルドを知ってしまった。

ポンコツ王子が仮の姿だということだけではなく、母親想いの優しい人だということを。いくらセラフィーナを疑っていても、傷つけようという意思はないことを。

(私は……信じます……)

だんだんと瞼《まぶた》が重くなっていく。

柔らかいベッドの感触が疲れた身体を包み込む。

(リカルド様……)

力になりたい。この世界の誰もが彼を見捨てても、自分だけは信じてそばにいたい。

いつか、この気持ちが……リカルドに届きますように。

＊＊＊

「ん……?」

ふと何かが聞こえた気がして、セラフィーナは目を開けた。

部屋が暗く、一瞬自分がどこにいるのかがわからなくて、ぼんやりしている頭を持ち上げる。

同時に上体を起こすと、下半身に違和感を覚えた。

(あ……ここ、お城の部屋……)

鈍い痛みが記憶を呼び起こす。

リカルドと初めて身体を重ねた後、ベッドに戻ってきたらうとうとしてしまったのだ。

どれくらい眠っていたのかはわからないが、まだ部屋が暗いので数時間程度だろう。

「ぐ……やめ……っ」

そのとき、隣から呻《うめ》き声が聞こえてハッとする。

横を見ると、セラフィーナから少し離れたところでリカルドが横になっていた。

彼女に背を向けてはいるが、随分とうなされている様子だ。

「リカ――」

「母上っ」

ビクリとリカルドの背が震え、セラフィーナはその悲痛な叫びに息を呑む。

リカルドが心に大きな傷を負っていることは理解していたつもりだった。

(でも、これじゃあ……)

目の前で母親が息絶えるなんて一度だけでも衝撃的だというのに、夢で何度も母親を失っているのか。

「あ……母上、母上……」

セラフィーナには、彼女の最期がどのようなものだったのかはわからない。

だが、毒を盛られて息絶えていく母との別れを、たとえ夢であっても、毎晩のように経験するのはどんなに苦しくつらいことだろう。

浅い呼吸に混じる嗚咽《おえつ》と震える肩が痛々しい。

「リカルド様……」

セラフィーナはそっと彼に寄り添って横になり、その背に額をくっつける。

自分より背が高く、体格もいい成人男性の背中が小さく思えるのはなぜだろう。

「大丈夫……私が、います……お母様の代わりにはなれなくても、そばにいます……」

セラフィーナはゆっくりとリカルドの背を撫でた。

少しずつ彼の呼吸が整っていくのが感じられ、ホッと息を吐く。

目を覚ましたわけではなさそうだけれど、規則正しい息遣いに戻っていく様子を窺《うかが》っていると、悪夢からは解放されたようだ。

起きていたら、まだ信用できないセラフィーナがこんなふうに近づくことを嫌がるだろう。

実際、広いベッドの端で彼女に背を向けて寝ていたくらいだ。

(でも……一緒のベッドで寝てくださったのね)

リカルドにベッド以外の場所で寝る選択があるとは思えないが、自分の部屋が隣にあるのだから戻ることはできたはずだ。

それをしなかったということは、ほんの少しでも心を許してくれたのだと思いたい。

(大丈夫)

リカルドを守りたい。

どれだけのことができるかはわからないけれど、彼を見放すようなことだけは絶対にしないと言い切れる。

監視対象でもかまわない。ただ、王位継承のために利用されるだけだとしても、恨んだりしない。

いや……リカルドは、子を愛してくれる。

彼ははっきりと言葉にはしなかったけれど、セラフィーナはリカルドが血の繋がった子をないがしろにはしないと信じている。

家族を失った彼に、新しい家族を作ってあげられるのなら——それがリカルドの生きる希望なら、セラフィーナは喜んで協力する。

こんなに傷つきながらも、必死に未来を掴み取ろうともがく王子を、否定することなどできるはずがない。

セラフィーナはリカルドの背に頬を擦り寄せた。

「きっと……だいじょう、ぶ……」

温かい。

静かな呼吸とその体温に安堵《あんど》して、セラフィーナは再び眠りについた。

第二章

翌朝の食事も、昨夜の夕食と変わらない質素なものだった。

否、夕食よりもひどい。

出てきたのはスープとパンだけで、セラフィーナの味覚がおかしいわけでなければ……どちらも昨夜と同じ味だ。

フルーツにいたっては、マウロがその場で切って出してくれた。

「あの……シェフの方は、今は休暇でも取っているのですか？」

セラフィーナがおずおずと口を開くと、マウロが困った顔をする。

一方、向かいでリンゴを頬張っていたリカルドは首を傾げた。

「へふは、はんほひふよ～」

「シェフは、常駐しております」

リカルドの言葉を通訳してくれるマウロ。

シェフが常駐しているのに、この食事はあり得ない。

「その……食事だけは、私もお手上げでございまして……」

セラフィーナの表情から彼女の思っていることがわかったのだろう。マウロが申し訳なさそうに言う。

元侯爵家の当主に、食事の準備をした経験があるとは思えないので、それは当然のことだ。洗濯や掃除に関しても同じことは言えるのだが、最低限のことをやるうちにできるようになったのだろう。

料理も練習すればできそうだが、そこまでの時間が彼にあるとも思えない。

「わかりました。では、今日から私が料理を担当します。このお城のシェフの方には、他の働き口を紹介できますか？」

「それは、可能ですが……」

セラフィーナに料理を作らせることに抵抗があるのだろう。

だが、マウロが世話係をやっている時点で、すでにリカルドを取り巻く人々の上下関係などないに等しい。

実際、こちらが文句を言えないのをいいことに、シェフは本来の仕事をしていない。

「すぐに伝えてください。昼食からは私がやると」

「……かしこまりました」

マウロは少し考えていたが、すぐに承諾してくれた。

「おねえちゃんがごはんつくってくれるの？」

「はい。これからは、私が頑張りますね」

「わ～。嬉しいなっ」

シェフを追い出せば、この城では「ポンコツ」を演じなくて済む。

そういう事情も織り込んで、マウロはセラフィーナの提案を呑んだのだろう。

キッチンへ向かうマウロを見送りながら、セラフィーナはリカルドに向き直る。

彼はもう一切れのリンゴを咀嚼《そしゃく》しているところだった。

「リカルド様、何が食べたいですか？」

「ん～はんへもひひよ～」

なんでもいい、と言っているのはかろうじてわかる。

特にこだわりがないのなら、届く材料を見て決めればいいだろう。何かあれば、後で意見をもらえるかもしれない。

今はまだシェフがキッチンにいるから、あまり下手なことは言えないはずだ。

「ねぇねぇ、今日はさ、中庭で一緒に遊ぼうね～」

リカルドが嬉しそうに声を弾ませる。

特に今までと変わった様子はなく、昨夜うなされていた影響もなさそうで、セラフィーナはホッと胸を撫でおろした。

朝もセラフィーナより早く起きて身支度を済ませていたし、悪夢のことは覚えていないのかもしれない。

「そうですね。でも、私は今日から勉強をしないといけないそうなので、昼食の後にしましょう」

「え～」

リカルドがぷぅっと唇を尖《とが》らせる。

セラフィーナが妃教育を受けることは彼も知っているのだが、もちろん演技中はそんな理解のある王子ではいられない。

「リカルド様も、お勉強があるのでしょう？」

「うぅ」

リカルドの場合は、マウロが代理をしていることになっている公務をやっているのだが……

ちなみに、セラフィーナの家庭教師はマウロが手配してくれたらしい。

「午前中は勉強して、昼食の後に遊びましょうね」

「わかったよ～」

渋々といった様子で頷いたリカルドは、最後のリンゴを口に入れた。

今朝教えてもらった今日の予定では、午前中の勉強と昼食後の遊び時間以外は、城の中であれば自由に過ごしていいとのことだ。

中庭で遊ぶのは、「ポンコツ王子」をアピールする日課だという。今まではリカルド一人で遊んでいたが、今日からは当然セラフィーナと一緒になる。

リカルドがセラフィーナを気に入ったということになっているから、一緒にいないと怪しまれてしまう。

ただ、セラフィーナは自由時間にできるだけ城の雑用を手伝うつもりでいた。

城の中もよく使う生活空間は綺麗にしているようだったが、他の部屋やあまり使わない廊下までは手が回っていないらしい。

掃除をしながら城の部屋なども覚えられるので、セラフィーナにとって悪くない時間の過ごし方だろう。

「ごちそうさまでした」

「ごちそうさま～」

セラフィーナが食器を片付けようと席を立つと、リカルドも同じように食器を持った。

「リカルド様、私が……」

「ううん、僕もやる！」

ニカッと白い歯を見せて笑うと、リカルドは小走りにキッチンへ向かっていく。

セラフィーナはその後に続いてキッチンへ足を踏み入れた。

「ああ、なるほど。ちょうどいい使用人が来てよかったですね。俺もポンコツ王子の食事の用意なんて不名誉な仕事から抜け出せてありがたいです。やっと本城で働けて嬉しいですよ」

「セラフィーナ様は——」

皿を持った二人を見て暴言を吐くシェフにマウロが言い返そうとするのを、セラフィーナは間に入って止めた。

「はい。これからは私がリカルド様のおそばにおりますから、貴方《あなた》もご自分の才能を十分に発揮できる職場で励んでください」

できるだけ自然に笑うように努めたが、頬が引き攣《つ》ってしまう。

シェフはセラフィーナが挑発に乗らなかったことが気に食わなかったらしい。大きな舌打ちをしてキッチンを出ていった。

「セラフィーナ様、申し訳ございません」

「マウロさんが謝る必要はありません。これで、もう少し美味しいものが食べられると思います。必要な材料は届くんですよね？」

「はい」

「よかったです。私が作れるのは田舎の料理ですが、材料がよければ味だってよくなると思います」

「ご迷惑をおかけします」

冗談めかして言うと、マウロはますます申し訳なさそうに頭を下げた。

「迷惑ではないだろう。自分からやると言ったんだ。そもそも『なんでもする』という約束なのだからな」

フンと鼻で嗤《わら》いながら、リカルドが食器を洗い場へ置く。

「リカルド様、そのようなお言葉は――」

「あれが出ていけば、気を遣う必要もない」

セラフィーナも食器を置き、頷いた。

「そうですね。できるだけ、普段通りにしましょう。まずは食器を洗ってしまいますから、お二人はどうぞお仕事に戻ってください」

そう言うと、リカルドは当然だと言わんばかりにさっさとキッチンを出ていってしまった。

「セラフィーナ様、私もお手伝いを……」

「いいんです。やると言ったのは私ですから。家庭教師の先生が来られる時間までには部屋に戻ります」

「……ありがとうございます」

マウロはリカルドの補佐をしなければならない。

シェフを追い出したのは自分だし、しっかりと責任を果たすつもりだ。

再び頭を下げてから出ていくマウロを見送って、セラフィーナは食器を水につけた。

午前中の勉強が終わってから、セラフィーナは再びキッチンに立った。

正直、妃教育のための授業は思っていたよりも厳しく、かなり疲れてしまったけれど……引き受けたからにはしっかり食事の準備もこなさなければならない。

保管庫を開けると、新鮮そうな野菜がたくさん入っている。

(こんなにあるのに、どうして使っていないの？)

シェフが自分で食べていたのか、それともどこかに横流ししていたのか。もしかしたら、そのどちらも……かもしれない。

思わず大きなため息が漏れた。

パンは無造作にカウンターに置いてあり、硬くなってしまっている。肉や魚は、食事ごとに届けられるものなのだろうか。

そんなことを思っていると、キッチンから外へ出られる扉がノックされた。

「はい」

「お食事の材料をお届けに参りました」

女性の声に、セラフィーナが扉を開けると、メイドが食材でいっぱいの木箱を手に立っていた。

「わ……ありがとうございます。でも、貴女《あなた》は……？」

食材の配達までメイドの仕事なのだろうか。

三人分の食材なので量は多くないけれど、箱を抱えてリカルドの城まで来るのは結構な重労働だ。

「私はザイラ様付きのメイドでございます。ザイラ様の命で、こちらを……。シェフを、解雇なさったとか」

「あ……ええ。その……いろいろありまして、私がリカルド様のお食事を作ることにしたのです」

「存じ上げております。そのシェフが……セラフィーナ様を世話係だと勘違いを……申し訳ございません」

「そんなこと、いいんです！」

セラフィーナは慌てて首を横に振った。

ザイラがリカルドを案じているのは本当のようだ。こうして気を遣ってくれるだけでもありがたい。

「ザイラ様は、新しいシェフを手配するようにとおっしゃっております。明日には新しい者が参りますので」

「いいえ！　本当に、いいんです。皆さん、その……リカルド様のお城で働くのは、あまり気が進まないみたいですし……それだと私も気を遣ってしまいます。幸い、田舎者の私は最低限の生活くらいならお手伝いできますから、ご心配なく」

「本当に、よろしいのですか？　セラフィーナ様も妃教育が始まったと聞きました。両立は大変でしょう」

「ええ、まぁ……でも、なんとかなると思います」

正直、今日の家庭教師の態度は冷たく、授業内容も一度の授業にやる以上のことを詰め込まれた気がする。

きっと、マウロ——ジェリーニ侯爵家の伝手《つて》を使ったのかもしれない——の頼みを断れなくて、仕方なくやってきたのだろう。

早くすべての知識を詰め込んで授業を終わらせたいという思いが透けて見えた。

彼はセラフィーナの理解度などまったく気にしていない。

つまり、彼女はこれから自分で授業内容を復習し、妃としての振る舞いを身につけなければならないということだ。

それにしても、ザイラの情報網は侮《あなど》れない。

「あの……私の授業やリカルド様のシェフのことまで、ザイラ様のお耳に……？」

「はい。セラフィーナ様には快適にお過ごしいただけるように、城の状況はしっかり把握しておられます」

「お気遣い、ありがとうございます」

正直、あまり気にかけられすぎるのも、リカルドの秘密が露顕してしまいそうで怖い。

「妃教育も負担であれば、無理に受けなくてもいいと……」

「え？」

だが、次にメイドの口から出た言葉に、セラフィーナは眉根を寄せた。

妃教育を受けなくていい……？

「その……リカルド様は、もしかしたら今後も……ですから、ザイラ様はお二人が表舞台に無理に立つ必要はないとお考えです。穏やかに生活していただければそれでいいと……」

要するに、リカルドに王位は回ってこないから、セラフィーナも大人しくしていろということなのだろうか。

(さすがに、ひねくれた考えかしら……)

ザイラは本心からリカルドの平穏を願っているのかもしれない。

妹が権力争いに巻き込まれて亡くなって、彼女の心労も相当なものだっただろう。これ以上、血縁に犠牲者を出したくないという思いがあってもおかしくない。

「ザイラ様のお考えはわかりました。ですが、もしリカルド様が本来のお心を取り戻したとき……おそばにいても恥ずかしくないように、準備はしておきたいのです。そのとき、私が必要かどうかはわかりませんが……」

王位を継承したら、セラフィーナは用済みだ。

もっと格式高い貴族の娘を娶《めと》らなければならなくなるかもしれない。

「ポンコツ王子」に気に入られたセラフィーナを切る方法は、いくらでもある。

そう思ったら、胸の奥が苦しくなったけれど、彼女はそれを誤魔化すように笑顔を作った。

メイドはセラフィーナの返事に神妙に頷き、頭を下げる。

「かしこまりました。そのようにお伝えいたします。食材はこれからも一日に一回、この時間にお届けに参ります。何か必要なものがありましたら、なんなりとお申し付けください」

「はい。ありがとうございます」

セラフィーナは礼を言い、去っていくメイドの後ろ姿を見送った。

ザイラの本心がどのようなものなのかはわからない。

これ以上リカルドに傷ついてほしくないと願っているのか、それとも王家のお荷物を閉じ込めておきたいだけか。

リカルドがこのまま「ポンコツ」であることを望んでいるように思えてしまうのはなぜだろう。

だが、リカルドは近いうちに本来の自分に戻るつもりだ。

(喜んでくれるわよね……?)

なぜか強く不安を感じる。

誰もが健やかに過ごせる場所——願うのは、たったそれだけなのに。

嫌な音を立てる心臓を宥《なだ》めるように、セラフィーナは左胸に手を当てて拳を握りしめた。

＊＊＊

その日の午後。

「おねぇちゃ～ん！」

広い庭園の端から元気よく駆けてくるリカルドに、セラフィーナはぎこちなく手を振った。

城の中庭は、セラフィーナの田舎の邸宅の庭よりも何倍も大きい。

ポンコツ王子リカルドは、そこを何周駆け回っても疲れを見せることがない。花を摘んだり、蝶《ちょう》を追いかけたり、とにかく幼い子どものように遊ぶのだ。

リカルドも朝は執務をしていたのに、どうしてあんなに元気なのだろうか。

しかも、彼は昼食にほとんど手をつけなかった。

セラフィーナが作ったものは口に入れようとせず、食べたのはフルーツとパンだけ。それも、何やら薬品に浸して毒が入っていないか確かめていた。

リカルドが自分で開発した、毒薬を検知するための無味無臭の薬品だそうだ。

普段から食事の際にマウロがやっているらしいのだが、今回はセラフィーナの手作りを疑うことにいい顔をしなかったため、リカルド自ら確認していた。

(そこまで信用されていないなんて……)

さすがに落ち込んでしまう。

敵意剥《む》き出しのリカルドと、無邪気に遊び回るリカルド。

同一人物なのに、二人の王子に振り回されているような気がする。

とにかく、セラフィーナには彼と走り回る体力がないので、大きな木の下で見守ることにしたのだが……

「ねぇねぇ、おねえちゃん見て！」

「え？　きゃあぁ――いっ」

急に目の前に差し出されたトカゲに驚いて後ずさったら、木の幹に頭をしたたかにぶつけてしまった。

セラフィーナは涙目で後頭部を擦る。

「あははっ！　さっきね、あっちで見つけたの」

リカルドはトカゲの尻尾を摘まみ、ぷらぷらとその身体を揺らす。

「ひっ、リカルド様、そんなに振ったら千切れてしまいます！」

トカゲは尻尾を切って逃げることができるのだ。

こんな目の前で放たれて、自分に向かってこられたらと思うとぞっとする。

いくら田舎出身とはいえ、積極的に触りたいと思う生き物ではないし、急に襲い掛かられたら誰だって驚くだろう。

セラフィーナは慌てて立ち上がり、リカルドから距離を取った。

「え～かわいいでしょ？」

「かわ、いい……？」

引き攣《つ》る頬が痛い。

リカルドが本気でそう思っているのならまだしも、これが演技だとわかっていると恨めしい気持ちになる。

彼はわざとセラフィーナを困らせようとしているのだ。

だが、怒ることはできない。

今のリカルドはポンコツ王子。彼の遊びに本気で腹を立てるところを見られたら、怪しまれてしまう。

そもそも、田舎の男爵令嬢が王子に対して怒ったり叱ったりなどできるわけもなかった。

「いえ、私は、お花のほうが……」

「お花～？　そんなのあっちにいっぱいあるんだから、つまんないよ」

リカルドがむぅっと頬を膨らませ、いじけた表情を作る。

その間もトカゲをむにむにと触っているものだから、セラフィーナはいつ彼の手からトカゲが逃げ出すかとひやひやした。

しかし、もがくトカゲを見ていると、だんだんとかわいそうな気にもなってくる。心なしか、トカゲの目がうるうるしているような気も……

「あの……トカゲさんも、そんなに突かれたらかわいそうですし、放して差し上げては……？」

「ん？　そう？　わかった。ばいば～い」

あっさりとセラフィーナの言うことを聞き、リカルドは草むらにトカゲを放した。

「じゃあ次は、あっちで遊ぼ！」

「わっ、ちょっ、リカルド様」

セラフィーナの手を取って走り出したリカルドは、慌てて足を動かす彼女を振り返り、満面の笑みを向ける。

困っている様子を面白がっているようだ。

中庭で無邪気に遊ぶのは、周囲の人々にポンコツ王子を印象付けるためだと聞いた。

リカルドは、ポンコツ王子と彼の世話をするセラフィーナという構図を作りたいのだろう。王子が本当に彼女を気に入っていて、国王夫妻が二人を結婚させようとしていることに、信憑性《しんぴょうせい》を持たせたいらしい。

「あ、見て。噴水に鳥が来た！」

リカルドはそう言うと、急に方向転換して噴水へ走っていく。

「ちょっと、待って……くだ、さっ……」

息を切らす彼女に気づいていないわけがないのに、リカルドはお構いなし。そのままのスピードで噴水に近づくものだから、優雅に水浴びをしていた小鳥も驚いて逃げてしまった。

「ああ～」

「はぁ、はぁ……も、無理で……」

残念そうな声を上げる王子の横で、セラフィーナは肩で息をする。

苦しくて噴水の縁《ふち》に手をついた瞬間、濡れていた石の上をつるりと滑った。

「えっ、わ、きゃあっ！」

ドボンと派手な音がして、身体が冷たくなる。

幸い先に手が底についたので、顔をぶつけることはなかったが、全身びしょ濡れだ。

呆然と噴水の中に座り込むセラフィーナを、リカルドが目を丸くして見つめている。

そのきょとんとした表情は、目の前で起きた出来事に純粋に驚いているようだった。

それからセラフィーナと目が合うと、彼は堪《こら》えきれないといった様子でプッと噴き出す。

「ふっ、ふふ、ははは……あははは！」

「リ、リカルド様」

涙を浮かべ、腹を抱えて笑い出したリカルド。

セラフィーナは恥ずかしくて熱くなる頬を押さえた。

「くくっ、おねえちゃん……あはっ、ははっ！　鳥さんみたいに水浴びがしたかったの？」

「違います！」

こうなった原因は、半分リカルドにある。

それなのにこんなに笑われて、セラフィーナは彼を恨めしく見上げた。

すると、何を思ったのか、リカルドが上着を脱ぎ捨てる。

「え!?　ちょ、何を――」

セラフィーナが慌てるのと同時に、バシャンとこれまた派手な音がして水しぶきが飛んだ。

思わず瞑《つぶ》った目をおそるおそる開けると、すぐ隣でリカルドが噴水に浸かっていた。

「僕も水浴びしたくなった」

「ええ……？」

開いた口が塞がらないとはこのことだ。

だが、ポカンとするセラフィーナに対し、リカルドはまたクッと肩を震わせた。

「……変な顔だな」

小さく呟いた後、ニッといたずらっ子のような顔になる。

そして両手ですくった水をセラフィーナに向かってかけた。

「きゃっ」

「水浴びしよ！　おねえちゃん」

「ちょっと、待っ……やめ……」

両手を顔の前に掲げて水から身を守ろうとするが、リカルドは止まらない。

パシャパシャとかけられる水――そもそも、セラフィーナはすでに全身が水に浸かっていて、今さら濡れることをためらう必要はない。

それでもわざと水をかけられれば、目を開けるのも大変だ。

「リカルド様、やめて……もうっ！」

セラフィーナは自棄《やけ》になって思いきり水面を叩いた。

水しぶきがリカルドと、そして自分にもかかる。

「あははっ、それすごい！　僕も！」

「っ！　そちらがそのつもりなら、手加減しませんよ」

リカルドがセラフィーナの真似をして水面を叩くので、彼女もまた彼に水をかける。

そうこうしているうちに引けなくなって、二人の攻防が激しくなっていく。

噴水に浸かって水をかけ合うなど、成人した男女がやることではない。

だが、リカルドが本当に楽しそうに水しぶきをあげるので、セラフィーナはこの子どもじみた遊びをやめようとは思わなかった。

セラフィーナが噴水に落ちたときの驚いた表情、自ら同じように水に浸かったこと、「変な顔だ」と呟いた声。

どれもリカルドから自然に出てきた——彼の本当の気持ちである気がして、嬉しかったからだ。

もし、王子が心からこの瞬間を楽しんでくれているのだとしたら、少しでもその時間を長く過ごしたい。

二人の間に舞う水しぶきに虹がかかって、セラフィーナはその美しさに目を細めた——

そうしてどのくらいの時間が経ったのだろう。

「リカルド様！　セラフィーナ様！」

慌てた声が二人の笑い声に割って入る。

声のしたほうを見ると、マウロが困惑した表情で駆け寄ってくるところだった。

「一体どうしてこんなことに……」

「あ……その……申し訳ありません」

ようやく我に返り、セラフィーナは濡れたドレスのスカートを握る。

本来はリカルドを窘《たしな》める役目を果たすべきなのに、一緒になって遊んでしまったとは、怒られても仕方ない。

「いいところだったのに～」

同じようにマウロの声で動きを止めたリカルドは、しかし、悪びれた様子はなく唇を尖《とが》らせた。

「こんなに濡れて……とにかく、噴水から出てください」

「はあい」

リカルドはひょいっと噴水の縁《ふち》を飛び越えた。水で重たいはずなのに、随分と身軽だ。

一方のセラフィーナは、マウロに手を借りてようやく芝生の上に立つ。

「タオルを取ってきますので、待っていてください」

マウロが呆れたように言い、急いで城へ駆けていく。

リカルドとセラフィーナは自分の衣服の水を絞りながら、彼の戻りを待った。

しばらくしてマウロが持ってきたタオルで髪や身体を拭き、なんとか水が滴ることのなくなったところで、二人は城に戻ることにした。

リカルドはセラフィーナにくっついて歩き、マウロは二人の後をついてくる。

すれ違うメイドは皆、怪訝《けげん》そうな顔でセラフィーナたちを見た。

「嫌だ。あんなに濡れて、誰が掃除をすると思っているのかしら」

「本当に。あの女、妻になるなら夫の世話くらいきちんとしてほしいわ」

「はぁ……ポンコツ王子の尻拭いだけでも大変だったのに、ポンコツ夫婦になったら面倒が増えちゃうじゃないの」

メイドの言葉が耳に痛い。

言い方は感じが悪いけれど、セラフィーナたちが城の廊下を汚してしまっているのは事実なので、彼女たちの怒りはもっともだ。

セラフィーナは俯《うつむ》いて小さくため息をつく。

最初に噴水に落ちたのは事故だったが、その後夢中になって水遊びをしてしまった自分が情けない。

「それにしても、何もわからないポンコツ王子を利用して、うまく国王陛下に取り入ったわよね」

「城で贅沢《ぜいたく》ができると思ったんじゃない？　後継ぎが作れなくても誰も文句を言わないし、お気楽なものだわ」

「王妃殿下が宝石を買い与えるって約束したらしいわ。あ〜、私も取り入っておけばよかったかも〜」

どうやらセラフィーナがザイラの提案を断ったことはすっぽり抜けてしまっているらしい。

噂とはあることないこと言われるものだが、この場合は故意に捻《ね》じ曲げられている可能性も十分ある。

「ちょっと、やめてよ。いくら王子でも、あれじゃあ隣に立つだけで恥ずかしいわよ」

メイドが二人を嘲笑いながら通り過ぎていく。

隠そうともしない悪意に、セラフィーナの心は痛んだ。

今日の出来事はこちらに非があるので仕方がないかもしれないが、彼女たちの言動は目に余る。

これは今日に限った話ではないことだとも知っているから、余計に悲しい。

常に聞こえるように悪口を言われ、誰もリカルドやセラフィーナと関わろうとしない。

この城になじむどころか、どんどん周りから遠巻きにされていく。

シェフもメイドもリカルドの下では働きたがらない。唯一残っていたシェフは、高級食材で自らの腹と懐《ふところ》を満たし、王子にはろくな料理を作らずに喜んで解雇された。

城の掃除も、洗濯も……セラフィーナが来るまではマウロがそのほとんどを一人でやっていたのだ。

本当は叫びたい。

リカルドがもっと尊重されるべき人間であることはもちろん、貴方《あなた》たちに城に仕える者としての矜持《きょうじ》はないのかと問いただしてやりたい。

もし本当に彼が「ポンコツ王子」であったとしても、それが彼を軽蔑する理由にはならないし、仕事を放棄していい理由にもならないのだ、と。

しかし、それはリカルドの望むところではない。

演技をやめるときは、本人が決める。それまでは、彼が「ポンコツ王子」であることを支えなければ……

(だからって、私がリカルド様の評判を落とすような行動をしていけないのに)

これ以上、リカルドに悪意が向けられることを許したくない。

「ポンコツ王子」の評価が上がることはなくとも、せめて平穏に過ごしてほしい。周囲につけこまれるような隙を作ってはいけなかったのに……

「おねえちゃん、寒い?」

「え? あ……大丈夫ですよ」

セラフィーナが反省していると、リカルドが顔を覗き込んでくる。

「そう? 早く湯浴みをしないとねぇ」

「そうですね。風邪を引いてしまいますから」

「うん。おねえちゃん、一緒に入ろうね!」

「ええ!? それはちょっと……」

さらりと投下された爆弾発言が冗談なのか本気なのか、判断できない。

「え~、どうして? すぐに温まらないとダメってマウロも言ってたでしょ? だから、一緒に入ったほうがいいよ」

演技だと思いつつも、ここで承諾の返事をしてはいけない気がした。

「私は自分のお部屋の浴室を使いますので、大丈夫ですよ」

「なんでよ～？　一緒に入ろうよ……今さら恥ずかしくもないだろうに」

最後にぼそりと低く呟かれた言葉に、頬が火照《ほて》る。

「っ、リカルド様！」

「なあに？」

瞬時にポンコツ王子に戻るのは、さすがと言うべきか……セラフィーナにしてみれば、ずるいと思ってしまうけれど。

「とにかく、一緒には入りませんよ」

きっぱりと断ったが、リカルドはぷぅっといじけた表情を作り、「どうして～」とか「おねえちゃんのいじわる」と繰り返す。

セラフィーナはそれをいなしつつリカルドの居城へ入った。

その途端、ぐいっと力強く手を引かれて、自室とは反対の方向へ引っ張られる。

「え？　ちょっと、何を――」

「湯浴みをするだけだ」

「だけって、え――わっ」

踏ん張ろうとするセラフィーナを面倒に思ったのか、リカルドは彼女を抱き上げた。

足で扉を開くのは行儀が悪いが、それを指摘する間もなく、知らない部屋に連れていかれる。

奥からもわりとした温かな空気が流れてきて、そこが浴室であるとわかった。

「ここ……」

「部屋の浴室は小さいからな」

寝室に併設された簡易的な浴室も、セラフィーナには十分な設備だったが、王子はそう思っていないらしい。

確かにこの大きな浴室を見ると、物足りないのは理解できる。

一体何人入れるのかと思うくらいの広さの浴槽には、すでに湯が張られていた。

マウロがタオルを取りに来た際に準備したのだろうか。

「早く脱げ」

そう言いながら、リカルドはすでに濡れたシャツを脱ぎ捨てている。

「ぬっ、わ、私は、自分の部屋に——きゃあっ」

「言うことを聞くと約束しただろう」

リカルドは苛立った様子でセラフィーナを抱え、そのまま浴槽に入れた。

湯はもちろん温かいが、ドレスのまま入ってしまって、また重くなる。

後から入ってきたリカルドは、セラフィーナにずいっと近づくと、両手で彼女の頬を包み込み顔を上げさせた。

「俺がなぜ腹を立てているか、わかるか？　お前、あのメイドに向かって今にも俺の秘密を叫び出しそうだった」

リカルドはセラフィーナの感情を敏感に察したのだ。

以前からマウロにも表情を読まれることがあったから、彼女がわかりやすいのだろう。

「あ……ごめん、なさい。でも、そんなことは絶対に――」

「ああ、そうだろうな。だから苛立つ」

「リカルド、様……？」

リカルドはセラフィーナの身体を反転させ、後ろからぎゅっと抱きしめた。

「どうして、お前は俺を嫌わない？」

その苦しそうな声に、セラフィーナは泣きそうになる。

長年城に仕えてきた人々がリカルドを敬遠する中、出会ったばかりの田舎娘だけがなぜか自分の味方をすると言う。

彼にとって、それは嬉しいという感情よりも困惑のほうが大きいのかもしれない。

「どうして、私がリカルド様を嫌うと思うのですか？」

「何を呆けたことを……」

セラフィーナが逆に問い返すと、リカルドは自嘲気味に笑う。

「俺はお前を殺そうとしたんだぞ」

「でも、殺しませんでした」

「こうして監視下に置いて自由を奪っていれば、なんら変わりはない。お前に子を産ませようと、無理やり抱いた。お前も子も、俺が地位を取り戻すための駒《こま》だと言った。お前が俺に毒を盛ると疑った。それでもお前は……なぜ俺に怒りを向けない？　なぜ、俺のために怒る？」

リカルドが良心の呵責《かしゃく》に苛《さいな》まれている。

たった二日……セラフィーナに冷たく接しただけで、だ。自分に冷たくする者たちには同じようにできても、寄り添おうとする人間にはどう対応したらいいのかわからないのだろう。

「無理やりではありません。私は貴方《あなた》の子を産むつもりです。子を愛してくれると……信じています。それに、お母様を亡くした原因が毒を盛られたことなのだから、疑い深くなるのは当然のことでしょう。私は何も気にしません。ただ……しっかりお食事をしてほしいとは、思っています。毒を口にしたら死んでしまいますが、何も食べなくても……生きていけません」

肩口に触れたリカルドの唇から、震えた息が漏れた。

セラフィーナは彼の手をやんわりと解き、リカルドと向かい合う。

「昨日と今日だけで、リカルド様がお優しいことがよくわかりました。だから、私はどんなことがあっても大丈夫です。リカルド様はリカルド様の思うままに生きればいい」

濡れて頬に張りついた銀髪をそっと除ける。

髪の毛の先から頬に伝った雫《しずく》を、セラフィーナは唇ですくった。

「っ、セラ――」

そのまま彼の唇に触れる。

ゆっくりと、しかし、短く……

「ほら……無理やりではありません。でも……これでは、私が襲ったみたいになってしまいました」

セラフィーナが困った笑みを浮かべて離れようとすると、リカルドはその腕を掴んだ。

「わからない。なぜ、お前は……そんなにも、人を信じられる？」

「……信じてもらいたいから、です。リカルド様……何度疑われても、私は貴方《あなた》に怒りをぶつけたりしません。何度でも確かめて……気の済むまで、信じられるようになるまで、試してください。一番無防備な状態で……何度でも、この身体を差し出します」

セラフィーナは自らドレスのリボンを解く。

普段よりも時間はかかるけれど、ドレスの着脱は自分でもできる。濡れて肌に張りつく布をもどかしく思いながら、リカルドの前で生まれたままの姿になっていった。

「何も……貴方《あなた》を傷つけられるものは持っていません」

両手を広げて見せると、リカルドの喉が上下する。

脱いだドレスがぷかぷかと湯に浮かび、二人の間に揺らめいた。

「触って、確かめてください。昨夜のように……全部」

「――っ」

パシャリと湯が跳ねる。

リカルドがドレスを除けて、セラフィーナを引き寄せたからだ。

抱きしめた彼女の背中に手を這わせていく。

セラフィーナが言ったように、確かめるような手つきで、ゆっくりと……肩から背骨を伝って腰、柔らかな双丘、そして太腿へ。

その手が震えているように感じられて、セラフィーナはリカルドの背に手を回した。

「大丈夫……リカルド様……大丈夫です」

「……お前は、そればかりだ……」

リカルドがハッと吐息を漏らし、彼女を浴槽の段差に座らせる。

彼は膝をついて屈み込むと、セラフィーナの胸に唇を寄せた。

「んっ……」

かぷりと胸の頂に噛みつかれ、鼻にかかった声が出る。

リカルドは口内で舌をちろちろと動かして、先端を嬲《なぶ》った。たまに歯を立てて刺激し、ちゅぱちゅぱと音を立てながら吸われ、蕾《つぼみ》が硬く尖《とが》っていく。

「っ、は……あ……」

もう片方の胸は大きな手で揉みしだかれ、蕾《つぼみ》を指の間に挟まれ扱《しご》かれる。

夢中で乳房に吸い付くリカルドは、赤子のようで……セラフィーナは彼の頭をそっと撫でた。

すると、リカルドが上目遣いに彼女を見る。

「あ……」

その瞳の中に獰猛《どうもう》な野性を感じ、身体の奥が熱くなった。

子ども扱いをするなと言わんばかりに雄の本能を感じさせる眼差し。

セラフィーナの官能が刺激され、身体の奥から蜜が溢れ出た。

「あっ……」

その卑猥な感覚に、思わず膝を擦り合わせる。

「セラフィーナ。何を、隠そうとしている？」

リカルドは彼女の仕草ですぐに察したのだろう。だが、わかっているはずなのに、わざわざ「隠す」という聞き方をしてくるのは、意地悪だ。

「何も……隠してなんて……あん……」

胸の蕾《つぼみ》が甘噛みされる。

まるで、セラフィーナの言い訳を咎《とが》めるように。

「それならば、なぜ膝を閉じた？」

「ん、それは……」

気持ちよくて蜜が零《こぼ》れてしまったとは言えなくて、セラフィーナは涙目でリカルドを見つめた。

「俺に、触れられたくないからではないのか？　何かを……隠しているから……」

「違……っ」

「違うのなら、確かめてもいいな？」

「あ――」

ぐっと膝を押し開かれ、彼の手が脚の付け根に触れる。

割れ目を確かめるようになぞり、指が泉に差し込まれた。

「っ、ふ……ん、ああ……」

くにくにと指先が動きながら奥へもぐり込んでくる。

抵抗なく進むのは、中が濡れている証拠だ。

「こんな奥まで、湯が？」

「ん、違い、ます……」

「そうか。お前のいやらしい蜜が、奥から溢れているのか」

セラフィーナの羞恥を煽《あお》ろうとする言い方――中がきゅんと疼《うず》き、リカルドの指を締め付けた。

彼は興奮気味にはぁっと熱い息を漏らすと、長い指を抜き差しし始める。

「あっ、お湯が、入ってきちゃ……あ、あんっ」

「蜜と湯が混ざってしまうな」

「ん、ああっ」

奥のいいところを突いたり、浅い場所をくるくるといじったり……焦らしては快感を与えることを繰り返され、セラフィーナの腰が揺れる。

胸の頂を口で愛撫されると、違うところで生まれた愉悦が一気に下腹部へ溜まっていく。

「あ……はぁ、あっ、ン……」

ビクビクと身体が跳ね、足がピンと張る。

爪先に力が入ると、中に埋め込まれたリカルドの指をいっそう締め付けてしまう。彼の指の長さや形を覚えようと言わんばかりの媚肉の動きがいやらしい。

「もっと咥《くわ》え込みたそうだ」

「あっ、んん……！　あ、あ……」

圧迫感が大きくなったのは、中に入れる指を増やされたから。

二本の指がバラバラに柔らかな肉を突き、快感が分散される。

物足りないのが自分でもわかった。

「中……疼《うず》いているみたいだ」

昨夜、初めて知ったはずの快感をこんなにも貪欲に求めてしまうとは……はしたないと思うのに、欲求には逆らえなくて、セラフィーナは涙を流した。

「ふっ、ン……あっ、や、だめぇ」

我慢しなくてはと思えば思うほど、意識が快楽を拾い集めてしまう。

そうして膨らんでいく愉悦を一気に弾けさせると気持ちいいのだと……セラフィーナの身体が覚えている。

「あっ、う……ン、も……きちゃ……」

「奥で、イけるか？」

「ああ――」

ずぷりと指が奥まで埋め込まれ、セラフィーナは仰《の》け反《ぞ》って喘《あえ》いだ。

ぐ、ぐっと奥のいいところを集中的に突くのと同時に、手のひらで秘芽を押し潰される。

パチパチと目の前で光が弾けるような感覚と、身体の奥が燃えるような感覚が一緒に押し寄せた。

さらに呼吸がうまくできなくなって……

「ああっ、あ、あ――」

ドクンと心臓が大きく跳ねた後、身体が硬直する。

汗が全身から噴き出て、呼吸が少しずつ戻ってくると、今度は力が抜けた。

ずるりと身体が滑り、上半身まで湯に浸かりそうになるのを、リカルドが抱き留めてくれる。

「のぼせそうだな」

「ん……あ……」

リカルドはセラフィーナの身体を浴槽から出し、横たえた。

冷たい床が気持ちいい。

そう思ったのも束の間、リカルドがセラフィーナの脚を広げて昂《たかぶ》りを突き立てた。

「――っ、あ」

脚ががくがく震え、中が卑猥にうねっているのがわかる。

「挿《い》れただけで、イッたのか……？」

リカルドは眉根を寄せて苦しそうだ。

呼吸を整えながらセラフィーナの身体を起こし、今度は自分が横たわる。

「あぅ……や、奥、まで……んっ、くるし……」

「すぐによくなる……背が擦れるより、いいだろう」

「ん、あっ……うご、いちゃ……っ」

緩やかに腰を揺すられて、奥に昂《たかぶ》りの先端が押し付けられる。

指で刺激されていたところよりももっと深い場所——苦しいのに、気持ちいい。

リカルドの逞《たくま》しい腹に手をつき、セラフィーナは頭を横に振った。

こんなふうに奥ばかり責められてはおかしくなってしまいそうだ。

「あっ、ああ……だめ、だめ……」

「ダメ、という声ではなさそうだぞ」

リカルドは律動に合わせて揺れる乳房に手を伸ばし、柔らかな弾力を揉みしだく。

「ここも……硬く尖《とが》って、気持ちいいと言っている」

「ああッ」

真っ赤になってその存在を主張する蕾《つぼみ》をぐりぐりと指の腹で押し込まれ、セラフィーナは悲鳴のような嬌声を上げた。

強い快感に身を捩《よじ》ると、リカルドと繋がっている場所に秘芽が擦れてさらなる愉悦に追い込まれる。

いつのまにかセラフィーナも腰を揺らし、自身の感じる場所に昂《たかぶ》りが当たるよう動いていた。

膝が床に擦れるのも気にならないほどに、身体の感覚が快楽に塗り潰されている。

「あ……っ、あぁん、あ……」

「ああ、すごいな……本当に、無防備だ……俺も、お前も……」

リカルドが恍惚の表情で呟く。

「ん……何も、隠していないと……信じて、いただけますか？」

すべてを曝《さら》け出して、身体を繋げて……何もかもが生々しくて、これ以上の潔白は証明できないくらいの交わり。

だが、リカルドはセラフィーナの問いに答えをくれなかった。

代わりに律動が激しくなって、彼女の思考を奪う。

「ああっ、待って、だめ……あ、あぁッ」

腰を掴まれて上下に揺さぶられると、また急速に絶頂が迫ってくるのがわかった。

昂《たかぶ》りが何度も腹の奥まで届いては引き抜かれ、また最奥を穿《うが》つ。

「あっ、あ……やぁっ」

結合部からぐちゅぐちゅといやらしい水音が立ち、浴室に反響して二人を煽《あお》った。

「お前はこんなに乱暴にされても……っ」

揺れる視界に映る彼の表情は、苦しそうでつらい。

「大丈夫……大丈夫、だから……」

自分は大丈夫だ。

何をされてもいい。否、リカルドはひどいことはしないと確信している。

だから……一人で抱え込まないでほしい。

怒りでも悲しみでも、なんでもいいからぶつけてほしい。

「リカルド様……もっと、激しくても……っ、いい、から……」

彼の心に少しでも寄り添わせてほしい。

「っ、もう、何も言うな」

「んんっ」

リカルドは上半身を起こすと、セラフィーナの唇を乱暴に奪った。

腰を揺すりながら、激しく口腔《こうこう》を探られる。

「ん……ふ、あ……は、んん」

取り込める空気が少なくなって、リカルドの肩を掴む手に力が入らなくなる。

下腹部で膨らんでいく愉悦は、これ以上ないほどに大きくなり、再び弾けようとしていた。

「ああっ、あ、もうっ、だめぇ」

「……く……」

リカルドも限界が近いのか、微かに呻《うめ》く。

そのときの表情が泣きそうだった気がして、セラフィーナは彼にぎゅっと抱きついた。

「リカルド様……泣か、ないで……」

その言葉が音になったかどうかはわからない。

ただ、何度も何度も突き上げられて、快感に溺れていくような感覚に揺蕩《たゆた》う。

絶頂の瞬間は、リカルドも自分を抱きしめてくれた気がした。

じわじわと自分の中に注がれるものの熱を感じながら、セラフィーナは意識を手放した。

＊＊＊

目覚めたとき、セラフィーナは自室にいた。

カーテン越しの窓の外が明るいので、朝になってしまったようだ。夕食も食べずに……

セラフィーナはそこでハッとしてベッドから飛び出した。

食事当番は自分だと宣言したばかりだというのに、夕食作りをすっぽかした上に朝も寝坊だなんてあり得ない。

セラフィーナは慌てて身支度を整えて、キッチンへ駆け込んだ。

「すみません、マウロさん――」

「遅かったな」

「あ……リカルド、様」

自分の代わりに食事の支度をするのならマウロかと思っていたのだが、そこにいたのはリカルドだった。

もっとも、彼は食事の準備を手伝うつもりはなさそうで、キッチンの隅の椅子に腰かけているだけだ。

「申し訳ありません。すぐに朝食の準備をしますね」

「別に……お前の……ない」

「え？」

そっぽを向きながらぼそぼそと呟かれた言葉は聞き取れず、セラフィーナは聞き返した。

「なんでもない。早く作れ」

「あ、はい」

呆れたような声で言われ、セラフィーナは急いで朝食作りに取りかかる。

まずは卵を割って牛乳と混ぜ、調味料で味付けする。次に野菜を小さく刻む。

それから火をおこし、フライパンを熱して野菜を炒める。一度それを取り出し、今度は卵液を入れたら、炒めた野菜とチーズを載せて包み込み、できあがり。

簡単でありながら、いろいろな野菜を一緒に食べられるオムレツは、パルヴィス家でもよく作っていた。

三つのオムレツを作り終えたところで、セラフィーナはリカルドに視線を向ける。

「あの……できました」

そうは言ったものの、彼がセラフィーナの料理を食べるつもりなのかはわからない。

「毒は、入っていませんよ……？」

「それくらい見ていたからわかる。材料の検査もお前が来る前に済ませたしな」

リカルドがそう言いながら、顔を背ける。

冷たく突き放されたとも取れる言い方だったけれど、それよりも彼にセラフィーナの料理を食べようとする意思があることに、彼女は顔を綻《ほころ》ばせた。

「それじゃあ、食べてくださるのですね」

「……腹が減ったからな」

「はい！　早く食べましょう」

セラフィーナが皿をダイニングへ持っていこうとすると、リカルドが素早く二つの皿を取り上げた。

そのまま何も言わずにキッチンを出ていく。

「あ！　待ってください」

セラフィーナは急いで三つ目の皿を持ち、リカルドの後を追う。

ダイニングのテーブルには、すでにカトラリーが並んでいた。マウロが準備してくれたのだろうか。

しかし、彼の姿は見えない。

「マウロは洗濯をしに行った」

マウロを探してきょろきょろするセラフィーナに、リカルドが答えをくれる。

「そうでしたか。でも、せっかくなら出来立てを食べてもらいたかったです」

「どうせ俺たちとは食べないだろう。気にするな。早く食べろ」

王子と婚約者の食事に同席はできないと、いくら誘ってもマウロが一緒に食べてくれないのは事実だ。

三人だけしかいない場所なのだから、気楽にしてもらったほうがいいのだけれど……こればかりは仕方ない。

「わかりました」

オムレツは自分から口をつけたほうがいいだろう。

いくら調理の様子を監視していたとはいえ、人の手に渡った料理を食べるのは抵抗があるかもしれないから……先に毒見として食べて、安全だということを証明して安心してもらいたい。

「では、いただき――あっ、リカルド様！」

セラフィーナがフォークを取ったときには、リカルドはすでにオムレツを口に入れていた。

まさかなんの躊躇《ちゅうちょ》もなく食べてくれるとは思わず、驚いてぽかんとしてしまう。

リカルドは流れるような所作でナイフとフォークを使い、綺麗にオムレツを一口サイズに切り分けて口元へ運んでいく。

彼の咀嚼《そしゃく》も手の動きも、止まることがない。

黙々と食事を続ける様子を、セラフィーナはまじまじと見つめてしまった。

こんなふうに夢中で食べてくれるとは思っていなかったから、驚いたのだ。

オムレツが半分ほどなくなったところで、リカルドがふと顔を上げる。

「なんだ、そんなに見て……」

「あ、いえ……ごめんなさい。そんなにお腹が減っていたとは知らなくて……」

セラフィーナがそう言うと、リカルドはハッとして自分の皿を見て、もう一度セラフィーナを見る。

「リカルド様……？」

「っ、これは、別に……調理は俺が見ていたから……心配のない、普通の、食事だからであって……とっ、とにかくお前も早く食べろ」

リカルドは咳払いをして気まずそうに視線を逸らした。

調理するところまでしっかり監視するほどに疑っていたことを悪く思っているのかもしれない。

リカルドの信頼度が少し上がった気がする。

「はい。それじゃあ、私もいただきます」

セラフィーナがオムレツを切り分け始めると、リカルドも向かいの席で再びナイフとフォークを動かし始めた。

やはり、長い間待たせたためにお腹が空いているに違いない。

「あの、明日からはちゃんと早起きして作りますから……また、食べてくださいね」

「……ああ。ただし、明日も調理は俺が立ち会う」

「はい。お願いします」

リカルドが安心して生活できるように協力するのは当然のことだ。

自分の料理を食べてくれただけでも進歩だろう。

嬉しくてにやけてしまう表情を誤魔化すため、セラフィーナはいつもより咀嚼《そしゃく》に時間をかけた。

「料理……得意なのか……？」

「得意というほどではありませんが、うちは使用人が少ないので手伝いをするうちに覚えたんです」

「そうか。まぁ……その……うまかった」

カトラリーを置いて、リカルドが小さく呟く。

本当に微かな声だったけれど、セラフィーナには確かに聞こえた。

「本当ですか？」

「思っていたよりも、という意味だけどな」

ほんの少し頬が朱に染まっているように見えるのは、気のせいだろうか。

ツンとした態度ではあるが、おいしいという感想を伝えてくれただけでも嬉しい。

「それじゃあ、これからもっとうまくなれるように頑張りますね」

「……ああ」

フッと、リカルドの唇が弧を描く。

一瞬の穏やかな笑顔に、セラフィーナの胸が甘く疼《うず》いた。

第三章

セラフィーナが城での生活を始めてから一カ月ほどが経った。

相変わらず城の使用人たちには嫌われているものの、リカルドとの距離はだいぶ縮まったように感じている。

セラフィーナの作る料理を「おいしい」と食べてくれるのは素直に嬉しいし、励みにもなっている。

とはいえ、城での生活はセラフィーナにとってかなり大変なものだ。

朝は家庭教師の授業、午後はリカルドと遊び、夜は彼と肌を重ねる。

その合間には食事の準備や掃除洗濯など、できるかぎりマウロの手伝いをするようにしていて、なかなか休みがない。

妃教育の授業は相変わらず進みが早く、ついて行くのがやっと。リカルドとの体力差も大きく、疲れが溜まる一方なのだ。

今日も中庭でリカルドが遊んでいるのを見守りながら、少し木陰でうとうとしてしまう。

「おねえちゃん、おねえちゃん」

「ん……あ、ごめんなさい。眠ってしまいましたか？」

「うん。大丈夫？」

リカルドが小首を傾げて顔を覗き込むので、セラフィーナは笑みを作る。

「大丈夫ですよ。一緒に遊びますか？」

「ううん。僕、マウロとお菓子を買いに行ってくる。おねえちゃんは先にお部屋に戻ってて」

菓子を買いに行く――それは、リカルドが秘密に出かけるときの合言葉だ。

詳しいことは教えてもらえないが、彼は「ポンコツ王子」をやめるための準備をしているから、その根回しなのだろう。

「わかりました」

「うん！　おねえちゃんの分も買ってくるからね！」

リカルドは手を振りながら渡り廊下で待っているマウロのもとへ向かう。

二人を見送ってから、セラフィーナはゆっくりと立ち上がった。

「わ……」

その瞬間、少しよろめいて木の幹に手をつく。

本当に疲れているらしい。早く部屋に戻って休んでおくべきだろう。

そう思って一歩踏み出すと、ぐいっと腕を掴まれた。

「おい」

「っ、誰……あ、ミケーレ、様……？」

そこにいたのは、リカルドの異母弟のミケーレ第一王子だった。

父王譲りの緑色の瞳に精悍《せいかん》な顔つき……社交の場では笑顔も見せるはずだが、セラフィーナを見下ろす表情は硬い。

「あの……私に何か……？」

「お前、本気でリカルドと結婚するつもりか？」

「そう、ですけど……」

「城での煌《きら》びやかな生活に憧れていたからか？　だとしたら、選ぶべき相手は俺だろう」

「……何を、言って……」

あまりに突然のことで、思考が追いつかない。

ミケーレが急に近づいてきたと思ったら、「俺を選ぶべき」と言う。

国王も正妃も喜んで認めた二人の結婚は、セラフィーナが城で生活を始めた時点ですでに耳に入っていたはず。

反対するとしても、今さらそれを言いに来るのは遅すぎる。

それに、この結婚がミケーレに不利に働くとすれば、リカルドの言う通り二人の間に子ができた場合だ。

しかし、リカルドは「ポンコツ」だと思われている。ミケーレの恐れるべき存在には——少なくとも今は——なり得ない。

「常識的に考えて、ポンコツのリカルドよりも、俺の待遇のほうがいい。妃も同じこと。実際にここで生活してみて、お前も嫌というほど実感しているはずだ。城で贅沢《ぜいたく》をしたければ……悪いことは言わない。俺につけ」

呆れて物が言えないとはこのことだ。

贅沢《ぜいたく》をしたいから結婚するに違いないと決めつけられ、セラフィーナは不快感に顔を歪《ゆが》めた。

自分の手を掴むミケーレのそれを振り払う。

「お断りします。私は贅沢《ぜいたく》な生活がしたいわけではありません。リカルド様のお力になれればいいと思って結婚を承諾したまでです。お話がそれだけなら、失礼します」

「リカルドの力になる？　世話係でいいとでも言うのか？」

「そうです。なんの問題もありませんから、放っておいてください」

「待て！　リカルドには関わるな。俺と結婚すれば、将来も安泰だ。誰もお前に手出しできなくなる。あいつは疫病神《やくびょうがみ》だぞ。あんなやつといたら、お前はあの母親のように――」

「やめてください！」

リカルドを貶《おとし》めるような言葉の数々に、セラフィーナは思わず振り返って叫んだ。

ミケーレがリカルドとセラフィーナの結婚に反対なのはよくわかった。

だが、セラフィーナを城から追い出したいとして、一体彼はなぜセラフィーナに近づいたのだろう。二人の結婚を阻止する方法はもっと他にある。

父王に進言することもできるし、王妃のザイラを説得してもいい。

もしくは、パルヴィス家に直接圧力をかけることもできるではないか。それなのに、わざわざセラフィーナ本人のところに来て「自分と結婚しろ」と言うなど、馬鹿げている。

まさか、「ポンコツ王子」から婚約者を奪って優越感に浸ろうなどというわけでもあるまい。

「リカルド様のおそばにいて、不自由だと思ったことも不幸だと思ったこともありません。リカルド様はお母様を亡くして傷ついているのに、よくもそんなことを……！　私は貴方《あなた》のような人は嫌いです」

王子に対する無礼など考える間もなくそう言っていた。

リカルドを疫病神《やくびょうがみ》呼ばわりし、自分のほうが優れているなどという傲慢《ごうまん》な考えには虫唾《むしず》が走る。

まして、よりにもよってリカルドの母ソニアのことを持ち出すなど最低だ。

「私は富も権力も求めていません。ただ、リカルド様を……お慕いしているだけです」

そうだ。

自分は、リカルドに好意を抱いている。

傷ついて傷ついて……それでも生きようとしている強い人。

セラフィーナを信じられなくて、試して、だけど非情になりきれない優しい人。

リカルドを守ってあげたい。

何も持っていない自分がそんなことを思うのはおこがましいのかもしれないけれど……そばで彼

を支えたいと思う。

この気持ちは、そんなに理解されないものなのか。

誰かに寄り添うことに、損得しか考えていない人々に怒りが湧く。

セラフィーナはミケーレに背を向け、足早にリカルドの城を目指した。

疲れも眠気も吹っ飛んで、苛立ちに任せて足を動かす。

大股で城へ入り、廊下を進んで自室の扉を乱暴に閉めた。

「遅かったな」

「っ、リカルド、様」

そこにいるとは思っていなかったリカルドの声に、肩が大きく跳ねる。

心臓が早鐘《はやがね》を打つのは怒りからか、それとも……自分の気持ちを言葉にしたからか。

「そんなに驚くとは……何か後ろめたいことでもあったか？」

「え……」

すべてを見透かすような口ぶりに、セラフィーナは唾を呑み込んだ。

「ミケーレと、随分親しそうだった」

マウロから報告があったのか、それとも菓子を買いに行くのは口実で、セラフィーナを監視していただけなのか……彼はミケーレとセラフィーナが接触したことを知っているようだった。

「親しくなんてありません！　あんな最低な人……大嫌い！」

セラフィーナが思わず大きな声を出すと、今度はリカルドが目を見開いた。

彼女がリカルドの前で声を荒らげるのは初めてで、意外だったのかもしれない。

肩で息をしているセラフィーナに、リカルドはゆっくりと歩み寄った。

「責めるつもりじゃなかった。ただ……気になっただけだ。何を、言われた？」

そっと頭を撫でられて、セラフィーナはやや落ち着きを取り戻し、静かに口を開く。

「リカルド様ではなく、自分と結婚したほうが将来は安泰だ……と。リカルド様に関わるな、とも」

「俺と、関わるな……か。不幸になるとでも言われたのか？」

「――っ」

「母上と同じ目に遭うとでも、言われたんだろう？」

ソニアを引き合いに出されたことは黙っておこうと思ったのだが、リカルドはセラフィーナの反応から察したようだ。

そうやって、周囲が自分をどう思っているのかを当たり前に理解してしまうリカルドは、人々の悪意に慣れすぎている。

それがどうしようもなく悲しくて、セラフィーナの目尻からぽろぽろと涙が零《こぼ》れた。

「それで、お前はまた……俺のために怒って、泣いている」

リカルドは静かにそう呟いて、セラフィーナの頬を伝う雫《しずく》を親指で拭う。

新たな涙が零《こぼ》れるたびにぐいぐいと肌を擦られるのは少し痛い。だが、なぜか心地よくも感じた。

「これでは……赤くなってしまうな」

ちゅっと、彼の温かな唇が頬に押し付けられる。

涙の道筋を辿っていく舌先がくすぐったい。

リカルドの優しいキスに、次第に涙は止まっていった。

「ミケーレ様は……どうして、あんなにひどいことを……兄弟なのに」

「普通の兄弟とは違うからな。ミケーレは正妃の子だが……五年前までは側室の子である俺のほうが王位に近いと言われていた」

リカルドがセラフィーナの手を引いて、ソファに座らせる。自分も彼女の隣に座り、何か考え込むように腕を組んだ。

「俺がポンコツ王子を演じるようになり、周囲の意見は変わった。今では立場が逆転したが……セラフィーナと婚約したことで、俺のことを疑っているのか……？」

「演技に気づいたということですか？」

「気づいたかどうかはわからないが、万が一俺が正気に戻ったら、自分の立場が危ういと思っているのかもしれない」

リカルドは自分に子ができれば、王位継承に有利な条件となると言った。そのことは、ミケーレも理解しているはず。

それでセラフィーナをリカルドから遠ざけようとしたのだろうか。

「だからって、わざわざ私と結婚しようとする必要はありません。もっと良い縁談がいくらでもあるでしょう」

セラフィーナをリカルドから引き離そうとするよりも、ミケーレ自身がすぐに結婚するほうが早そうだ。

それこそ候補はたくさんいて選び放題、相手も喜んで求婚を受ける。

わざわざセラフィーナを迎えようなど……彼女を馬鹿にしているとしか思えない。あるいは、リカルドへの嫌がらせか。

だとしたら、相当に性格が悪い。

「ミケーレは、お前が母上と同じ目に遭うと言ったんだよな？」

「言われる前に怒って帰ってきてしまいましたが、おそらくは……」

「ただの脅しだと思うか？」

「え……？」

リカルドが思いのほか神妙に問うので、セラフィーナは戸惑った。

脅しというのは、かなり不穏だ。

言われてみれば確かに、「リカルドの母親のようになる」というのは、毒殺されることをほのめかしているとも取れる。

ただの嫌がらせとして受け流すには、少々いきすぎた発言かもしれない。

だが、セラフィーナにはリカルドがそれ以上のことを考えているように感じられた。

「もしかして……リカルド様は、ミケーレ様が私の命を狙っているとお考えなのですか？」

「そうだ。母上のように……同じようにしてやる、と聞こえる」

「まさか！　だって、五年前の犯人は――」

「濡れ衣を着せるくらい簡単だろう」

思わず声を上げたセラフィーナに対し、リカルドは驚くほど冷静だ。

「そうかもしれませんが、五年前はミケーレ様だって十三歳だったんですよ」

「十三歳なら、十分知識がある。王子であれば、自分が命を狙われる立場であることも知っているし、どういう方法で狙われる可能性があるのかも教えられる。つまり、どのようにすれば人が死ぬのかを理解している。別に、すべてを自分でやる必要はない。誰かにやらせて……あの側室は実行犯で、ミケーレが黒幕だったということもあり得る」

田舎でのんびり暮らしてきたセラフィーナにはわからない世界で、絶句する。

しかし、そういう環境で育ったら……

「本当に……そう、思われるのですか？」

「ああ。ずっと考えていた。あの側室が母上と俺を殺して何を手に入れられるのか……子がいたわけでもなく、俺を消したところでなんの利益もない。国王の母となれずとも、側室でいるかぎりは生活は保障される。家族もだ。それを、本当にただ感情的に……嫉妬だけですべてを失う危険を冒すのかと」

リカルドは絨毯《じゅうたん》の一点を見つめながら、淡々と自分の考えを口にする。

その横顔には、怒りとも悲しみともつかない感情が浮かんでいるように思えた。

犯人への激しい憎しみを露わにするのでもなく、母を失ったことを嘆くわけでもなく、静かな水面を見ているような……

「今まで……母上を殺した人間を、同じように殺してやりたいと何度も考えた」

「お気持ちは、お察しします。でも……」

「わかっている。そうしたら、俺も同じになってしまうと。それに、真犯人はすでに死んだ……まぁ、五年前の事件の真相は定かではないが。王位継承を目前にして、ミケーレが今さら俺に正気に戻られては困ると考えるのは普通のことだろう」

「そう、かもしれませんが……」

それ以上、何を言えばいいのかわからない。

ミケーレとリカルドの立場や二人の関係性を考えると、リカルドの考えを否定することはできない。

ミケーレからしたら、自分は正妃の息子——王位を継ぐのにふさわしい立場にある。

対するリカルドは側室の息子で、五年間ずっと公務をしてこなかったと思われている。いくら優秀だと言われていた異母兄でも、今さら年相応の精神状態に戻ったからという理由で王位を奪われるのは許せないことなのかもしれない。

しばらく沈黙が続いていたが、やがてリカルドはセラフィーナに顔を向ける。

「セラフィーナ」

「っ、はい」

普段あまり呼ばれない名を呼ばれ、セラフィーナはドキリとして背筋を伸ばした。

静かな海のように凪《な》いでいる表情からは、そこになんの感情が浮かんでいるのか、読み取れない。

「……ミケーレに、ついてもいい」

「え……？」

何を言われたのか、すぐには理解できなかった。

ミケーレにつく……？　それは、彼の提案を受けて結婚すればいいという意味なのだろうか。

「ミケーレにつけば命を狙われることはなくなるだろう。その上、すべてが簡単に手に入るんだ。悪い話ではない」

「ちょっと、何を言って――」

「俺にかまっていたら、命がいくつあっても足りないだろう。王位の座を手に入れられるかも不確かで、どう考えても損得勘定が合わない」

リカルドが諦めたように笑いながら肩を竦《すく》める。

「私は損得勘定でリカルド様をお慕いしているわけではありません！」

セラフィーナは彼のどこか投げやりな態度に腹が立ち、大きな声を出した。

リカルドがやや怯《ひる》んだところに、さらに言葉を続ける。

「何度もお伝えしたはずです。私は地位や権力を求めているわけではありません。リカルド様のお力になりたいから、ここにいます」

「城に来たのはお前の意思じゃないだろう。俺がお前を監視するために連れてきた」

「だったら、なおさら……！　リカルド様の秘密を知っている人間を、ミケーレ様のもとに行かせるなんておかしいではありませんか。それとも、私に諜報活動をしろとでも命じるおつもりですか？」

秘密を漏らさないようにと監視していたのに、寝返ってもいいと言うのは矛盾している。

「俺は罪のない人間を死に追いやりたいわけではない。ミケーレの言う通りにして命が保障されるのなら……っ、あいつが情報を求めるのなら、俺の秘密をバラしてもかまわない」

それを聞いて、セラフィーナはハッと息を漏らした。

「どうして……秘密にできなかったら命はないと言ったのは、リカルド様ではありませんか。それなのに、リカルド様を犠牲にして生きろとおっしゃるのですか？　ご自分がどれだけでたらめなことを言っているのか、わかっていらっしゃいますか？」

「……そんなもの、脅しだったに決まっているだろ。この一カ月で、お前に俺を害する気がないことはよくわかった。むしろ、お前はお人好しすぎる。俺に義理立てして犠牲になるのはお前だ。命が惜しければ、早く俺から離れろ」

リカルドは一瞬言葉に詰まったが、ふいっと顔を背けて吐き捨てる。

「ただの脅し？　だったら、ミケーレ様だって同じです。ちょっと脅してやろうって――」

「言っただろう。あいつには前科があるかもしれない。脅しだけで済むという保障などない。俺がもういいと言っているんだ。逃げるチャンスなのだから、早く行け」

「嫌です！　逃げません。私はリカルド様の味方だと言ったではありませんか」

セラフィーナが頑《かたく》なに拒否すると、リカルドは大きなため息をついてソファから立ちあがった。

「言い方を変える。足手まといはいらない。俺のためなどと……それはただの自己満足だ。これで本当にお前が死んだら、後味が悪い。お前を連れてきたのは間違いだった。巻き込んだことは謝る。今ならまだ引き返せる。お前は領地へ帰れ」

部屋を出ていこうとするリカルドの手を、慌てて掴む。

「リカルド様、待って――」

「もういいだろう！　母上は俺のせいで殺された。それが事実だ。ミケーレが五年前の事件に関わっているかどうかは知らない。だが、王位継承権絡みで俺の正気を疑っているのなら、間違いなくお前も標的にされる。今度はお前が死ぬ！」

リカルドの怒りの声に、セラフィーナは振り払われた手をもう一度伸ばすことができなかった。

そのまま部屋を出ていく王子を追いかけることもできない。

はらはらと零《こぼ》れる涙を拭いながら、セラフィーナは床に膝をつく。

泣いているのは、リカルドの怒鳴り声が怖かったからではない。彼の悲痛な叫びは、セラフィーナの心を引き裂くようだった。

——俺のせいで。

リカルドは、母を殺したのは自分だと思っている。

優秀で将来を有望視されていたせいで、いらぬ恨みを買ったから。

ポンコツ王子となって、周囲が自分から離れていく中……彼は何を思っていたのだろう。

もしセラフィーナが同じ立場だったら、もっと早くバカなふりをしていればよかったと後悔する。

そうすれば、五年前の悲劇は起こらなかった……と。

自分のせいで誰かの命が消えてしまう恐怖——最も近しい人を亡くしたことで、リカルドの心には強烈にそのトラウマが刻み込まれた。

そして今、セラフィーナがかつての母親と同じような立場になったことで、蘇《よみがえ》る恐怖に怯えている。

セラフィーナを冷たく突き放そうとしたのは、母親の二の舞になることを避けたいからだ。

(私がお人好し？　違うわ。リカルド様が優しすぎるの)

ここでセラフィーナが城を出ていったとして、リカルドが救われることはない。

簡単に自分のもとを離れていくセラフィーナに失望し、今度こそ誰のことも信じられなくなってしまうだろう。

ようやく心を許し始めてくれたのに、それを台無しにしたくない。

(私は出ていかないわ)

セラフィーナは濡れた頬を強く擦って、立ち上がった。

リカルドを一人にはしない。

孤独だけが生きる道ではないことを知ってほしい。

たとえ王位継承権を取り戻せなくても、自分がそばにいることをわかってほしい。

ミケーレに関する疑いが晴れれば、セラフィーナを追い出さなくてもいいはず。

この城でどれだけのことができるかはわからないが、どうにかしてリカルドを安心させたい。

セラフィーナは閉まった扉を見つめ、拳を握りしめた。

＊＊＊

数日後。

セラフィーナの決意とは裏腹に、先日の口論以来、リカルドは彼女のことを避け続けていた。

マウロがパルヴィス領へ戻る手配をしてくれたというのを断り、セラフィーナは城に残っているのだが……

(今日もいらっしゃらない)

朝食を用意するためにキッチンへやってきたセラフィーナは、誰もいない調理場に立ってため息をつく。

リカルドは食事の時間に姿を見せなくなった。それどころか、自室にすら戻っている気配がない。

中庭で遊ぶ日課もなくなり、夜も一人で眠って……体力的には楽になったはずなのに、気分が沈んでいるせいか、身体が重い。

夜にあまり眠れていないことも影響しているのだろう。

昨日から立ちくらみもひどくなってきている。

(しっかり食べなくちゃ……でも、一人での食事は味気ないわ……)

考えてみれば、これまでセラフィーナが一人で食事をすることはほとんどなかった。

領地では必ず家族と食卓を囲んだし、ここに来てからもリカルドと一緒だった。

(リカルド様がいらっしゃらないなら、わざわざ料理をしなくてもいいわ)

セラフィーナはテーブルの上の籠《かご》からリンゴを取ると、キッチンの隅に置いてある椅子に座った。

眠れないせいで疲れが溜まる一方なので、少しでも楽をしたい。あまり食欲もないから、朝食はリンゴだけで済ませよう。

皮をエプロンの布で擦り、かぶりつく。

さすが王城で仕入れているだけあって、質がいい。優しい甘みは身体に沁み込んで、少しだけ疲れを癒《いや》してくれる気がした。

（今日も授業の後に本城のほうへ行ってみよう）

この数日、何か有益な情報を得られないかと考え、使用人たちに接触を試みている。

実際にはみんなに避けられて、話しかけることすらできていないのだけれど……

授業の厳しさと、周囲から避けられている疎外感。さらにリカルドとも距離が開いてしまった。

元々慣れない場所での生活でストレスを感じていたところなのだ。体調が悪くなってもおかしくはない。

セラフィーナはもう一度大きなため息をついて立ち上がった。

リンゴの芯を捨てて手を拭いていると、裏口の扉がノックされる。

「はい」

「セラフィーナ様、食材のお届けに参りました」

今日の配達は早いなと思いつつ、扉を開けるとメイドが立っていた。

「いつもありがとうございます」

「こちらに置いておきますね」

メイドはいつも通り食材を置いて出ていこうとしたが、ふとセラフィーナの顔を見て首を傾げる。

「セラフィーナ様、もしかして……お加減がよろしくないのでは？」

「え？　あ……少し、寝不足なだけですよ」

セラフィーナは慌てて笑顔を作り、両手で頬をパチパチと叩いた。

一目でわかってしまうほど疲れた顔をしていたのだろうか。

「失礼ですが……朝食は？　召しあがっていないのではありませんか？　リカルド様も、いらっしゃらないようですね」

メイドがチラリとキッチンを覗き込み、怪訝《けげん》そうに眉を顰《ひそ》める。

調理道具や食器が出ていないため、朝食を作っていないことがわかってしまったのだろう。

「あ……えぇと、リカルド様は、まだお休みで……それで、少し楽をしようかな、と……」

あははと笑いながら頬を掻くと、メイドは心配そうな表情になった。

「それなら、私がご用意します」

「いいえ！　そんなご迷惑をかけられません。何も食べていないわけではないので大丈夫ですよ」

「私はザイラ様にセラフィーナ様のことを頼まれている身です。こんなに顔色の悪いセラフィーナ様を放って戻ることなどできません。お茶だけでも淹れさせてください」

メイドの言うことはもっともだった。

もともとザイラの命でセラフィーナの様子を見に来ているのに、具合が悪そうな彼女を放っていくのは職務怠慢になる。

他のメイドたちはこんなに親身になってくれることがないので忘れていたが、本来は彼女のように自分の仕事をまっとうするべきだ。

その機会をセラフィーナが奪うのはよくないだろう。

「わかりました……では、お茶だけ……」

「はい。少々キッチンをお借りしますね」

セラフィーナが承諾すると、メイドはキッチンへ入ってきた。

慣れた様子で湯を沸かし始める。

「よろしければ、ダイニングでお待ちください」

「いえ、ここで大丈夫です。あんまりゆっくりする時間もありませんから」

セラフィーナは再び隅の椅子に腰を下ろし、湯が沸くのを待った。

茶を飲んだらすぐに授業の準備をしなければならない。

相変わらず冷たい態度の教師のことを考えると頭が痛いけれど……

(妃教育……私は、リカルド様の妃になれるのかしら)

セラフィーナは俯《うつむ》いて眉間を押さえた。

リカルドは自分を遠ざけようとしている。

今はまだ無理やり追い出されるようなことはなさそうだけれど、そのうちセラフィーナの意思に関係なく領地に帰されることは十分にあり得る。

いくら彼女がリカルドのそばにいたいと願っても、所詮は田舎の男爵令嬢。無理やり王子の妃になる権限はない。

婚約も、婚約破棄も、全部リカルドの意思だ。

「セラフィーナ様、できましたよ。本当に大丈夫ですか？」

「あっ、はい。大丈夫です！　ありがとうございます」

ハッと顔を上げると、湯気の立つカップが差し出されていた。

セラフィーナはそれを受け取って口をつける。

「お疲れのようなので、少し甘めに作りました」

「おいしいです。ありがとうございます」

身体が温まるだけでも、緊張は緩む。

「あまり無理はなさらずに。私はそろそろ戻らなければなりませんが、侍医を呼びましょう」

「いいえ。そこまでは必要ありません。ありがとうございます」

「かしこまりました。ゆっくり……休んでくださいね」

メイドはそう言い残して、城へ戻っていった。

セラフィーナは紅茶を飲み干し、カップを片付けようと立ち上がる。

「あ……」

その瞬間、また立ちくらみに襲われて壁に手をついた。

カップが手から滑り落ち、音を立てて割れる。

それを気にする余裕もなく、ぐにゃりと視界が歪《ゆが》み、胃の中から何かが込み上げてきた。

何かがおかしい――ひどい吐き気に咳き込むと、口を押さえた手に生温かいものが噴きかかる。

（これ……血……？）

その赤い色は、定まらない視界にもはっきりと映った。

ぼんやりする頭では、なぜ自分が血を吐いているのか理解できない。

ドンドンと扉が叩かれる音が遠くに聞こえた。

裏口から入ってくる人は、メイドくらいしかいないのに。

重い足を引きずるように一歩踏み出したところで、自分が歩けていることに安堵《あんど》する。

「おい、いないのか？」

「だれ……？」

「おい、いるんだろう。今、メイドが出ていくのを見た。いるなら開けろ」

セラフィーナの問いは、扉越しには届かなかったようだ。

相変わらず乱暴に叩かれる扉の音がうるさく、彼女は眉間に皺《しわ》を寄せる。

「っ、ああもう！　開けるぞ！」

扉の向こうの人物は、痺《しび》れを切らしたようだ。そもそも、こんなに乱暴に訪問しておきながら、きちんと中の者の返事を待つというのも変に律儀な気がするけれど。

セラフィーナがそんなどうでもいいことを考えている間に、バンと大きな音を立てて扉が開いた。

「――おい！　何があった？」

「あ……ミケーレ、さま……」

すぐにセラフィーナを視界に入れたミケーレが慌てて駆け寄ってくる。

「しっかりしろ。メイドに何をされた？　リカルドはどうした？」

どうしてミケーレがリカルドの城へ来たのか。

なぜこんなに焦っているのか。

リカルドがどこにいるのかは、セラフィーナだって知りたい……

考えることはたくさんあるのに、頭が回らない。

胃の中が熱く、全部吐き出してしまいたい。

「ぐっ、ごほっ……うッ」

「くそっ」

ミケーレは悪態をつくと、セラフィーナを抱えて裏口を飛び出した。

「お前、毒を盛られたな」

「どく……」

「そうだ。だから、リカルドとは関わるなと言ったのに。あいつは何をしている？　城にはいないのか？　自分が狙われる立場だとわからないはずがないだろうに、どうしてお前を一人にしている？」

独り言のようにも、セラフィーナに文句を言っているようにも思えるミケーレ。

急ぎつつも彼女に気を遣っているのか、あまり身体は揺れない。それでも抑えきれない吐き気に、セラフィーナはなんとか息を整えようと口を開く。
「うぐ……ミケーレ様、お召し、ものが……」
「そんなことはいい。吐き出せば、少しは毒も……し……めだ……おい……」
こんなに近くにいるのに、ミケーレの言葉が聞こえなくなっていく。
（どく……血、が……）
茶に毒を盛られ、血を吐いて……ああ、自分は死んでしまうのかもしれない。
リカルドが一番恐れていたことが、現実になってしまう。
「リカルド様……」
死にたくない。
これ以上、リカルドに傷ついてほしくない。
生きなければ……何があっても、リカルドのそばにいなければならないのに。
身体が熱いのか冷たいのかすら、わからなくなった。
もうミケーレの声も聞こえない。
暗闇に落ちていく。
最後に浮かんだのは、リカルドの笑顔だった。
噴水に落ちたときに、思わず笑ってしまった彼の本当の笑顔――

＊＊＊

――領地へ帰れ。

そう言われたとき、セラフィーナはどこか意固地になっていた。

リカルドを孤独から救いたいと願って、少しでも信頼してもらえるように必死だった自分を、否定されたように感じたからかもしれない。

だが、リカルドの隣にいることが、本当に彼の救いになっていたのだろうか。

――足手まとい。

そうだ。

結局、何もできずに毒を盛られて……リカルドに罪悪感を残すくらいなら、早く領地に戻ったほうがよかった。

（死んで後悔しても、遅いのに……）

死後の世界とはどのようなものなのだろう。

意識は生きていたときとあまり変わらないように思えるけれど……

セラフィーナはゆっくりと目を開けた。

（まだ肉体があるみたい……？）

死んだら魂と肉体は分かれるものだと勝手に思っていたが、そうではなさそうだ。

周りの風景も生きているときと同じように見える。

「セラフィーナ……？」

声もはっきりと聞こえる。

震えてか細い声だけれど、リカルドのものだ。

「リカルド様？」

「っ、セラフィーナ」

セラフィーナは上半身を起こしたと同時に、ぎゅっと抱きしめられた。

「リカルド様……私、どうして……」

微かに震える彼の腕に触れ、目だけで周囲を確認する。

白衣を着た老年の男性と目が合うと、彼はホッと息を吐き出した。

「お目覚めになられて本当によかったです。セラフィーナ様」

「私、眠っていただけですか？」

とても苦しくて血を吐いた気がしたけれど……

「いいえ。眠っていただけというのは正しくありません。意識を失われていたのです。二日もの間……」

「二日……？」

「はい。毒を飲まされたことは覚えていらっしゃいますか？　ミケーレ様に運ばれていらしたときにはすでに意識がありませんでした。あと少し治療が遅かったら、助からなかったでしょう」

話の流れからすると、白衣の男性は城の侍医らしい。彼が「助からなかった」と言ったとき、リカルドがビクッと震えた。

毒を盛られたのは夢ではない。

生きているのも現実……

「リカルド様、私……生きています。よかった……リカルド様を、一人にしてしまうところでした」

「何を、呑気なことを……！　お前は死にかけたんだぞ。なぜこんなことになってまで……」

「約束を守れてよかった。リカルド様のおそばにいる、リカルド様の味方になると申し上げたではありませんか。その約束を破ってしまったと、夢の中で後悔していました」

表情は見えないけれど、絞り出すような声は彼が泣いているのではないかと思わせた。

セラフィーナはリカルドの肩に頬を擦り寄せ、彼の背中を優しく叩く。

「よかったです。また、リカルド様に会えて……よかった」

本当によかった。

それ以外の言葉が出てこない。

リカルドとの約束を守れてよかった。

彼を独り置いて死ななくてよかった。

「リカルド様の解毒薬があったからですよ」

セラフィーナの意識がはっきりしていることに安堵《あんど》したのか、侍医が再びホッと息を吐いて口を開く。

「解毒薬？　もしかして、リカルド様が研究していたっていう……？」

「ええ。私たちの保存している薬品は種類が限られています。リカルド様が提供してくださった解毒薬のおかげで、セラフィーナ様は一命を取り留められました」

侍医の説明に、セラフィーナは納得した。

リカルドは母親の死をきっかけに、毒への耐性をつけたり解毒薬を研究して作製したりしていると言っていた。

それが役に立つ日が来てしまったのは、いいこととは言えないが……少なくとも、その準備のおかげでセラフィーナは助かったのだ。

「診察は……後にしましょうか。顔色もいいですし、意識の混濁や記憶の混乱もなさそうですから、心配ないとは思いますが」

「はい。ありがとうございます」

「お礼なら、リカルド様に。では、私はミケーレ様とマウロ様にご報告してまいります」

侍医は軽く頭を下げると、部屋を出ていった。

白を基調としたこの部屋は、医務室のようだ。

「リカルド様。助けてくださって、ありがとうございます」

「……助けた？　違うだろ。俺のせいでお前は殺されかけた。それを『助けた』なんて言えると思うか？」

「言えますよ。リカルド様が解毒薬を持っていなかったら、私は生きていませんでした……リカルド様……お顔を、見せていただけませんか」

ずっと抱きしめられたままでは、彼の表情がわからない。

リカルドはしばらく黙っていたが、一度大きく息を吸って吐いた後、ゆっくりとセラフィーナから離れた。

セラフィーナと目が合うと、顔を強張らせて瞳を伏せる。

「お前はもうこの城から出ていけ。すぐにマウロに手配させる」

「……嫌です」

「お前に選択権はない」

「それでも嫌です。私はまだお役に立てていません」

「死ぬことが役に立つことなのか？　死んだら何もかも終わりだ！」

リカルドが大きな声を出す。

だが、怖くはない。

怖がっているのは、彼のほうだ。

「リカルド様、ちゃんと私のことを見てください。生きています。何も終わっていません。私を殺せなかった人が、これで終わりにするはずがありません。必ずまた……私を殺そうとするでしょう」

「メイドは牢《ろう》に入れた。ミケーレ、が……証言した」

ミケーレを疑っていたリカルドにとって、それは意外なことだったのかもしれない。

セラフィーナを助け、犯人を捕まえるのに協力した。

だが、セラフィーナはミケーレがもっと重要なことを隠しているように感じていた。

そうでなければ、ミケーレがわざわざリカルドの城を訪問するだろうか。

「あの人は……ザイラ様付きのメイドです」

セラフィーナが静かに告げると、リカルドは沈黙した。

きっと、彼も気づいている。

本当の犯人が誰なのか。

メイドが自らの意思でセラフィーナを殺そうとするはずがない。内密に毒を手に入れるのも簡単ではないはずだし、そもそもセラフィーナを殺す動機がないのだ。

だとしたら、ザイラの命で動いていたと考えるのが自然――失敗しても、犯人が特定されても、トカゲのしっぽ切りで済む。

五年前がそうだったように……

「もしかしたら……五年前の犯人は、ザイラ様にそそのかされたのではありませんか？　ミケーレ様を王位に据えたくて、リカルド様が邪魔だったから」

「俺のことは……目障りだったかもしれない。だが、母上は……実の妹だ」

殺すはずがない。

そう、思いたい。

再び沈黙が満ちた部屋に、扉の開く音が響く。

セラフィーナとリカルドが顔を上げると、ミケーレが険しい表情で立っていた。

「この城に、血縁関係など……あってないようなものだ」

「ミケーレ様……やはり、ザイラ様を疑っていらっしゃるのですね？　だから、私に忠告を？」

セラフィーナが問うと、ミケーレはハッと乾いた笑いを漏らし、片手で顔を覆った。

「そんな大層な正義感からではない。俺はただ……これ以上、母上に罪を犯してほしくなかっただけだ」

「これ以上、ということは……五年前も？」

ミケーレは部屋の隅に置いてあるソファに座って続ける。

「真実は知らない。知りたくもなかった。だが……五年前、リカルドがポンコツを演じ始めてから……母上もまた変わった。俺が王位を継ぐのだと嬉しそうに言う。叔母上が……実の妹が死んだというのに、悲しむ素振りなど一度も見せなかった。おかしいと思っていた。だが、俺は違和感を暴きたくなかったんだ。俺の前では気丈に振る舞っているのだと言い聞かせ、俺も普段通りの生活に戻って……このまま……すべてが丸く収まったまま、時が流れるよう祈った」

そこにセラフィーナが現れた。

ポンコツ王子が突然婚約することになり、ミケーレの違和感は大きくなる。

「リカルドも俺も十八だ。婚約者を決めるのは遅いくらい……だが、たった一度パーティで遊んだだけで、婚約までするものなのか？　ポンコツ王子が、急に結婚したいなどと言い出すものなのか？　母上がどうお考えなのかはわからないが、ポンコツのお前でも……男女の間には何が起こるかわからないと思ったのだろうな。早く婚約者を決めるよう、俺を急かし始めた」

そこまで言って、ミケーレは大きく息を吐いた。

「嫌な予感がした。母上はセラフィーナを気遣うようになって、メイドを通わせて……万が一、セラフィーナが懐妊したら何をするかわからないと思った」

「もしかして、私の体調が悪かったのを誤解して……？」

「おそらくな」

実際は疲労困憊《こんぱい》で体調が芳《かんば》しくなかっただけだが、それを懐妊の兆候と思い、毒を盛られた。

ミケーレしか王位を継げる者がいない今の状況を、壊したくなかったということだろうか。

もし本当にセラフィーナが懐妊して王子を産んだとしても、その子がすぐに王位を継げるわけではないのに……

「お前が目覚めたことは母上にも伝わっただろう。そうしたら……」

「もう一度、セラフィーナを狙う」

リカルドが唸《うな》るような声でミケーレを遮《さえぎ》る。

そして異母弟を鋭く睨みながら、ソファに座る彼に詰め寄った。

「血縁関係などあってないようなものだと言ったのはお前だ！　それなのに、お前は母親の罪を見て見ぬふりで、セラフィーナを殺しかけた！　母上だけでは飽き足らず、俺の——っ」

そこで言葉を詰まらせ、リカルドは壁を思いきり叩く。

「リカルド様、落ち着いてくださいさい。今やらなければならないことは、真犯人を捕まえることです。きっとメイドは口を割らないでしょう。それなら……今、私が生きていることが犯人に繋がる手がかりになります。私をもう一度殺しに来るときに……捕まえればいい」

セラフィーナは真っ白なシーツを握りしめた。

もし本当にザイラが黒幕であるのなら、彼女を罪に問わなければ永遠に悲劇が繰り返される。

「私が囮《おとり》になります。セラフィーナは生きていると……必要ならば、子も無事だったと伝えてください。そうすれば、必ずまた私の命を狙う刺客が現れるはずです」

「何を馬鹿なことを言い出すかと思えば……お前は城を出ていくんだ。囮《おとり》などいらない。メイドを拷問して、吐かせるまでだ」

リカルドが冷たく言い放つのを、セラフィーナは首を横に振って否定した。

「いいえ。それでは解決しません。仮にメイドが証言したとして、その言葉をどれほどの者が信じるのですか？」

彼女が自白しても、真犯人には逃れる術《すべ》がたくさんあるだろう。少なくとも、メイドより地位のある者のはずだから、その権力を利用するのは確実だ。

ならば……

「新たな刺客を雇うために行動するとき……その現場を押さえれば逃れられないでしょう。もしくは、犯人自身が私に接触してくるときを狙います。こんなふうに大胆に犯行に及んだということは、切羽詰まっているということです。自ら手を下しに来る可能性も低くないでしょう」

セラフィーナがそう言ったとき、医務室の扉が静かに開いた。

「では、私が監視役をお引き受けいたしましょう」

静かに室内に入ってきたのはマウロだ。

「マウロ！　お前——」

「リカルド様、おやめください」

リカルドがマウロに飛び掛かりそうになるのを制止し、セラフィーナはふぅっと息を吐き出した。

一方のリカルドは、叫ぶのを耐えるように拳を握り、肩を震わせる。

「私の決意は変わりません。ここで……すべてを終わらせなくてはいけないのですから」

「俺もマウロに協力する。あとは、リカルド……お前が腹を括《くく》るだけだ」

ミケーレはそう言い残して医務室を出ていってしまう。

リカルドはずっと拳を握りしめたまま、顔を伏せている。

「リカルド様。貴方《あなた》は強くなられました」

沈黙を破ったのは、マウロだった。

「解毒薬を調合するために知識を得て、剣の腕を磨《みが》き、この城で戦う術《すべ》を身につけられた。あとは……お心を、強く持たれることです。大切な人を……お守りするために」

そう静かにリカルドに語りかけ、セラフィーナに視線を向ける。

「失いたくないと思われるのなら……遠ざけるのではなく、しっかりとご自分の手で繋ぎ止めなくてはいけません」

それでも、リカルドは首を縦に振らなかった。

心なしか震えている彼を見て、マウロは少し表情を崩す。

慈愛に満ちた優しい微笑みで、あくまでもリカルドの意思を尊重するという気持ちが表れているようだった。

その穏やかな表情からは、リカルドが覚悟を決めることを信じているように感じられる。

「セラフィーナ様。気休めかもしれませんが、こちらを」

「これ……」

そっとベッドに置かれたものは、短剣だ。

小さいけれど、手に取るとしっかり重みがある。鞘《さや》をずらすと、きらりと刃が光った。

「私たちがお守りしますが、丸腰よりはよいかと。何が助けになるかはわかりませんから」

「はい」

セラフィーナは短剣を枕の下に隠し、頷く。

「では、私もこの辺で失礼いたします」

「マウロさん！　気をつけてくださいね」

「ええ。ありがとうございます」

マウロには勝算があるのだろうか。それとも、セラフィーナを安心させるためなのか……彼は余裕すら感じさせる笑顔で医務室を後にした。

一方のリカルドは、まだ黙ったままその場に立ち尽くしている。

「リカルド様……」

「やめろ。俺に期待するな。五年間の研究で、あらゆる解毒薬を作った。身体を鍛え、強くなった。だが、それは俺が生きるための努力であって、誰かを守るためじゃない。俺は、お前を守れない……！」

最後、絞り出すように声を出したリカルドは片手で顔を覆う。

セラフィーナはゆっくりとベッドから下り、リカルドに歩み寄った。

震える大きな身体を後ろから抱きしめて、口を開く。

「私は、ただ守られたいわけではありません。一緒に闘いたいのです。足手まといかもしれません。剣など握ったこともない田舎娘が戯言《たわごと》を言っていると思われても仕方ありません。でも……リカルド様を独りにしたくない……いいえ、私がリカルド様から離れたくないのです。リカルド様のことが、好きだから」

すんなりと言葉が出たのは、本心だからだろう。

ひゅっと、リカルドの驚いたような息遣いが伝わってきて、セラフィーナは目を瞑《つぶ》った。

大きな背中越しに微かに聞こえる心音と、彼の体温に意識を集中させる。

「リカルド様と一緒に生きることができるのなら、私はそのために闘います。逃げても……傷つく人が増えるだけでしょう。命の保障だってありません。だったら……命を懸けて真実を突き止めたい」

「矛盾している。一緒に生きたいと言いながら、命を懸けるなど……」

「……そうでしょうか？　でも、それが未来を切り拓くための唯一の方法ではありませんか？　真実が明らかになれば、リカルド様も私も生きられる。私と一緒に、生きる道を選んでください。独りになろうとしないで」

「お前はどうして……そんなに強くいられる？」

リカルドが自分の腹に回されたセラフィーナの手を握る。

「わかりません。でも、大切な人のためなら強くなれますよ」

「俺は……」

セラフィーナの手がそっと引っ張られ、リカルドが振り向きざまに彼女を抱きしめた。

「怖い。お前が死ぬと思ったら……怖かった。後悔した。ポンコツ王子をかばおうとしたお前に興味を持ったこと。お前をそばに置いたこと。こんなことになってから、気づくなんて馬鹿だった。俺は、本当に……ポンコツだった」

「リカルド様はポンコツではありません。優しいだけです」

「優しい人間が、何も知らないお前を復讐の駒《こま》になどしないだろう」

「駒《こま》にするのなら私が囮《おとり》になるという提案をすぐに受け入れたはずです。そうしなかったのは、リカルド様の優しさです。だけど……」

セラフィーナは顔を上げ、リカルドの目をまっすぐに見つめる。

「そんなに責任を感じているのなら、最後まで……一緒にいてください」

「責任を取れ、ということか?」

「はい。リカルド様のことを好きにさせた、その責任を……」

セラフィーナはリカルドの優しさにつけ込もうとしている。

そう自覚しながらも、彼を繋ぎ止める方法がそれしか思いつかなかった。

少しでもセラフィーナに対する情があるのなら、リカルドはきっと自分を受け入れてくれる。セラフィーナを失うことを怖いと言ってくれた、リカルドなら……

リカルドはしばらく黙ったままセラフィーナを見つめていた。

視線を逸らさない彼女の頬に右手を添える。

かすかに震える手は、セラフィーナの体温を確かめるかのようにゆっくりと肌を撫でていく。

「……わかった」

やがて小さく頷いたリカルドは、拳を握って自分の胸に当てた。

「その代わり、お前も……約束を守れ。ずっと俺のそばにいると……絶対に、俺を置いていかないと」

「頑張ります。リカルド様もご存知の通り……やる気だけはあるんです」

セラフィーナがもごもごと言うと、リカルドは少し笑って、彼女の頭をポンと優しく叩いた。

＊＊＊

その日の夜。

セラフィーナは医務室のベッドで眠ったふりをしていた。

緊張で大きく脈打つ心臓と、震えてしまう呼吸では、暗殺者を騙すことはできないだろう。

そもそも、刺客がいつセラフィーナを狙うかはわからない。

日中、ザイラに怪しい動きはなかったとマウロからも報告を受けている。

(今日動いたら、さすがに怪しまれてしまうとわかるものね。それに……真犯人がザイラ様だと決まったわけではないわ)

言い訳じみた考えは、そう願いたいから。

いくら息子同士が王位継承権を争うからといって、妹を殺《あや》めるなど……そんなひどいことができる人間はいないと信じたい。

——血縁関係などあってないようなもの。

ミケーレの冷たい言葉が脳裏をよぎる。

ザイラの無実を願う気持ちと、彼女が犯人であればすべての辻褄が合うという事実が、交互にセラフィーナの心を揺らした。

そのとき、カタンと音がした気がして、息が止まった。

(扉が、開いて……)

微かだが、医務室の扉が動く音が聞こえる。

うっすらと目を開けてみるものの、暗くてよく見えない。

セラフィーナは意を決して上体を起こし、枕の下に手を入れた。じっとりと汗ばむ手のひらに、硬い短剣の柄《つか》を握る。

すると、彼女が起きていることに気づいた人物が動きを止めた。

微かな月明かりに照らされたその人は——

「ザイラ、様」

やっぱり、という気持ちと落胆がずんと重くのしかかる。

「あら、セラフィーナ。起こしてしまったかしら？」

一方でザイラが明るい声を出し、セラフィーナはたじろいだ。

なぜこんなにもあっけらかんとしているのか。

扉の開け方からして、医務室に忍び込もうとしていたのは明らかだったのに、今さら取り繕《つくろ》うつもりなのだろうか。

「ザイラ様、どうしてここへ？」

「何って、見舞いに来たのよ。甥《おい》の婚約者が死にかけたのだから、当然でしょう」

「こんな夜更けにですか？」

「わかっているわ。ごめんなさいね。もっと早くに来るべきだったわ」

ザイラはまったく動揺を見せず、一歩踏み出す。

「もっと早くに、息の根を止めるべきだった……と？」

それを制止したのは、リカルドだった。

彼の剣がザイラの喉元に宛がわれる。

「あら、リカルド。どうしたの？　セラフィーナが心配で一緒にいるのかしら？」

今にも首を斬られそうな状態だというのに、ザイラは動じない。

リカルドが「ポンコツ王子」ではないこともすでに明らかだが、彼女は幼子をあやすような猫撫で声を出す。

だが、次の瞬間、素早く右手を振った。

リカルドがその手を掴んで捻《ひね》り上げると、ザイラの手から短剣が落ちる。

「見舞いに剣はいらないだろう」

静かな医務室に、金属が叩きつけられる冷たい音が響く。

「誤解よ。セラフィーナが狙われていたら危ないと思って、護身用に持っていただけなの。貴方《あなた》こそ、セラフィーナが心配だからって乱暴はよくないわ。私は貴方《あなた》の伯母なのよ。この国の正妃でもある。あまり度が過ぎると――」

「度が過ぎたのは貴女《あなた》のほうだ！」

剣を落とすほどの力で手首を掴まれて、痛みを感じないはずがないのに、ザイラは怖いくらいに冷静だ。

対するリカルドは怒りをなんとか抑えようと震えている。

「そうかしら？　五年も『ポンコツ』を演じて周囲を馬鹿にしてきた貴方《あなた》に、そんなことを言う資格がある？　ねぇ、騙されて浮かれる私を見て、楽しかった？　面白かった？　私のこと、陰で嗤《わら》って……本当に、貴方《あなた》って……ソニアにそっくりよねっ！」

言い終わるのと同時に、ザイラが思いきりリカルドを突き飛ばす。

不意打ちで彼がよろけた瞬間、ザイラは短剣を拾い、リカルドに向かって振り下ろした。

「っ、リカルド様！」

リカルドはギリギリのところで刃を避けたが、ザイラは剣を振り回しながら彼に迫る。

「あの子もそうだった！　私が子どもを産めないからとあの子を寄越したお父様も、お母様も！

私を馬鹿にしていた！　ミケーレを授かっても、ソニアが産んだお前のほうが優秀だと皆で私を馬鹿にして！」

今までの冷静さが嘘のように、ザイラが金切り声で叫ぶ。

リカルドを壁際まで追い詰めると、彼女は両手で剣を握りしめた。

「やっと死んだのに……やっと、ミケーレが成人したのに……また私から奪おうなんて、許さないわ」

「やっと……死んだ……？　そんな言い方……」

セラフィーナが愕然《がくぜん》とするのを横目で見て、ザイラが高笑いする。

「何を今さら。私があの子を殺したのよ。知っていたでしょう？　気づいていたでしょう？　本当はリカルドも一緒に逝かせてあげるつもりだったのに、うまく行かなかったわ。母親が死んで壊れてしまって、同情していたけれど……かわいそうなのは私のほうだった」

低く、唸《うな》るような声の後、今度は甘くねっとりとした声になる。

「また皆に馬鹿にされていたのに気づかずに……ああ……かわいそうな私。あの子が死んで嬉しくて……浮かれていたの。嗤《わら》われてしまうわ。貴方《あなた》たちのせいよ。貴方《あなた》たちが結婚をするなんて言い出すから……ポンコツ王子のくせに、婚約なんてするから。ミケーレの王位を奪おうとするから。全部、全部、全部！　お前のせいなのよ！」

ザイラがリカルドに短剣を突き立てようと大きく腕を上げた。

しかし、振り下ろされた手はリカルドに止められて、彼女の身体がぐらつく。

リカルドは男性で、ザイラは女性。王子は日々身体を鍛えているのだから、力の差はどうやっても埋められない。

あっけないと言えばそれまで……ザイラの身体を壁に押し付け、リカルドは彼女を拘束した。

「母上が死んで嬉しい？　ふざけるな。俺が……どんな思いでこの五年を過ごしたと思っている？」

「うふふ……ふふ……寂しかったでしょう？　ねぇ、大丈夫よ。今度こそ愛する人と一緒に逝かせてあげるわ。だから放してちょうだい。ほら、リカルド。ソニアのところに行きたいでしょう？　セラフィーナも一緒に送ってあげる」

「俺は母上のところには行かない。セラフィーナのことも殺させない。正妃といえど極刑は免《まぬか》れないぞ。これ以上、罪を重ねるな」

リカルドが怒りに身体を震わせながら言うと、ザイラはまた笑う。

かなりの力で拘束されているだろうに、痛みを感じていない様子だ。

「これ以上？　一人殺したら、何人でも同じよ」

まったく罪の意識などない、軽い口調。

五年前、本当に壊れてしまったのはザイラのほうなのだ。否……きっと、もっと前からザイラの心は蝕《むしば》まれていたのだろう。

正妃でありながら子を授かれないと周囲に指を差され、あろうことか実の妹を側室に迎え……そしてその妹が先に王子を産んだ。

「馬鹿にされた」など被害妄想だと一蹴する人もいるだろう。だが、名門貴族——まして、王家の跡取りともなれば、そう簡単な話ではない。

周りからの重圧に耐えきれず、ザイラは最も残酷な方法で、自らを苦しみから解放した。

「そうだわ、貴方《あなた》もやってみたらどう？　私を殺してみたらわかるわよ、一人も二人も変わらないって。妹のことだって躊躇《ちゅうちょ》なく殺せるのよ？　まぁ、あの子のような、私を裏切った女が妹だと思ったことはなかったけれど」

「母上が貴女《あなた》をいつ裏切ったと言うんだ？　母上が貴女《あなた》やミケーレを悪く言ったことなど一度もなかった。王位継承権の話だってしたことがなかった。それを、貴女《あなた》が一方的な思い込みで殺したんだ！」

リカルドが剣を振り上げるのを見て、セラフィーナはベッドから飛び下りた。

「リカルド様！　やめてください！」

リカルドの腕を掴むとその手は震えていて、わずかな理性でかろうじて動きを止めようとしているることが感じられた。

「あははっ！　ほら、早く刺しなさいよ。殺してみなさいよ！　そうすれば、貴方《あなた》は正妃を殺した罪で王位継承権をはく奪されるわ。ポンコツ王子がとうとう暴走したと大騒ぎになる。ああ、これで王位はミケーレのものだわ。そうよ、ねぇ、ほら！　早く殺してみなさい！」

ザイラの楽しそうな挑発に、リカルドの肩が大きく上下する。

「この――っ」

「ダメ！　リカルド様」

振り下ろされようとするリカルドの腕を止めるため、セラフィーナは必死に力を入れた。

「母上、もうおやめください！」

そこへ響いたのは、ミケーレの声だった。

リカルドの腕を掴んだまま、セラフィーナは首だけで扉の辺りを振り返る。

ミケーレの後ろには警備兵が二人いて、持っていたランプに灯りをつけた。

リカルドの手が弱々しく下ろされていく。

「ミケーレ！　ああ、ミケーレ。見てちょうだい。リカルドが私に乱暴を働くの。とうとう本当に壊れてしまったんだわ。これでは王位を継ぐのは無理よ。ねぇ、ミケーレ、だから貴方《あなた》が――」

「いいえ。リカルドは正気です。母上がリカルドを……セラフィーナを殺そうとしました。最初から……見ていました。母上、もうやめましょう。罪を認めてください」

「罪じゃないわ。正当な権利よ。私はこの国の正妃なのよ。貴方《あなた》は第一王子なの。貴方《あなた》が王位を継ぐの！　それを邪魔しようとする輩《やから》を排除して何が悪いの？　権利を守って何が悪いの？」

リカルドを殺そうとしたり、自分を殺せと言ったり、ミケーレの権利を主張したり……ザイラの言うことは支離滅裂だ。

ミケーレはそんな母親を憐れむように見つめ、静かに口を開いた。

「母上。俺は王位継承権を放棄します」

息子の宣言に、ザイラは顔を強張らせる。

それまでリカルドやセラフィーナが何を言っても動じなかったのに……

「俺は、母上の罪に気づいていながら、貴女《あなた》をかばおうとしました。そして、罪のない人を……セラフィーナの命を危険に晒《さら》した。私情に流され、守るべき国民を犠牲にする人間が王位にふさわしいとは思えません」

ミケーレは落ち着いた様子で歩き、母の腕を掴んだ。

「リカルド、悪かった。あとは俺が引き受ける。……さぁ、母上。行きましょう」

リカルドがザイラの拘束を解くと、彼女はミケーレに縋《すが》りついた。

「ミケーレ。ミケーレ、どうして……王位は貴方《あなた》のものよ。ミケーレ、貴方《あなた》が正妃の子なの。ミケーレ、ミケーレ」

ザイラは息子の腕を掴んで言い募るが、ミケーレがそれに応えることはなく、母親を引きずるようにして医務室を後にする。

ミケーレの後ろに控えていた警備兵たちも、その後を追って出ていく。

そのうちの一人は、医務室を出るときにリカルドを振り返って気まずそうに目を伏せたが、深く一礼して去っていった。

医務室に静寂が戻り、リカルドが持っていた剣を床に落とす。

「リカルド様……」

「あっけなかったな」

その声には怒りも悲しみもなく、どこか諦めのような……虚しさが含まれているように思えた。

当たり前だろう。

五年もの間、苦しんできた。

母を失い、生きようと必死にもがき、孤独に耐えてきた長い年月が、こんなにもあっさりと解決した。

ひどく理不尽な逆恨みですべてを奪われたのに、だ。

「こんなものか。躊躇《ちゅうちょ》なく人を……実の妹を、殺してしまえる人間と……話ができると思うほうがおかしかったのか。たとえ話し合ったとしても心から許せるわけではないし、あの人を殺しても過去は変わらないのに」

ザイラが素直に罪を認めたとしても、ソニアは生き返らない。

リカルドの五年間は戻らない。

たとえ、ザイラをソニアと同じ目に遭わせたとしても……

セラフィーナはリカルドの背中に手を当てた。

「どのような結末を迎えても、後味がいいことなどなかったでしょう。ザイラ様が反省の弁を述べられたとしても……彼女の動機は、納得のいくものではありませんでした」

「母上は、どう思われるだろうか。姉を殺そうとした俺を。俺は……あの人と同じことをしようとした」

「殺そうとなんて、していないでしょう」

「それは、お前が……止めてくれたからだ」

「いいえ」

セラフィーナは、両手でリカルドの手を包み込んだ。

「リカルド様が本気だったら、私では止められなかったでしょう。リカルド様は、とても強くて、お優しい方です。ソニア様はきっと誇りに思っていらっしゃいます」

リカルドがその気になれば、ザイラを斬れる瞬間はたくさんあった。

「違う……俺は、殺してやりたかった。あんな……人間とは思えない醜《みにく》い生き物は、殺してもいいと思った。あんなやつに母上が殺されたのかと思ったら、怒りで身体が勝手に動いた。俺は、復讐をしたかった」

それはきっと本心だろう。

リカルドの手は今も震えていて、やり場のない怒りをどうにか抑えているのがわかる。

「それでも踏みとどまったのは、そんな『復讐』が意味のないことだとご存知だからではありませんか？　命を奪うことは簡単ですが、それだけでは何も終わりません。だから、王位継承権が欲しかったのではありませんか？　悲しい出来事が繰り返されないように、この国を変えなければいけないから」

そんなことはきっとリカルドも理解している。

だが、セラフィーナから改めて言葉にすることで、少しでも心の整理を後押しできればいい。

リカルドは一度大きく息を吸って吐き、セラフィーナの手を握り返した。

「……ありがとう」

「私は何も……これから、忙しくなりますね」

「そう、だな……」

ポンコツ王子が正妃を罪人として捕まえ、第一王子が王位継承権を放棄した。

証人はあの警備兵二人だろうけれど、事件の処理の過程ですべてが公《おおやけ》になる。

リカルドは正気に戻ったとされるのか、元々ポンコツになどなっていなかったと真実を説明するのか、それは定かではないが、いずれにせよ「正統な後継者」に戻らなければならない。

そうしたら……

リカルドは「ずっとそばにいろ」と言ってくれたけれど、実際にそれが可能かどうかはわからない。

正気に戻った王子に嫁ぎたい娘はたくさんいるだろうし、その大半がセラフィーナよりも良い家の娘のはずだ。

権力と影響力を持つ父親たちが、セラフィーナをリカルドから引き離すことは、造作もないことだろう。

リカルドの言っていた「後継者」の存在がない今、セラフィーナに彼らに対抗する術《すべ》はないように思えた。

（私……ううん。私のことは、後で考えよう）

今は、リカルドのことを精一杯支えたい。

後のことはそのときに考えよう。

「さぁ、リカルド様。明日に備えてもう休みましょう。城のお部屋へ戻りますか？」

「ああ。お前も……一緒に帰ろう」

「はい！」

ようやくリカルドに本当の意味での平穏が戻る。

セラフィーナは、自分がいつまで彼のそばにいられるのかという不安を胸の奥に押し込んだ。

ザイラの罪が公《おおやけ》になってからの日々は、セラフィーナの予想よりもはるかに目まぐるしく過ぎていった。

ザイラが実の妹を毒殺した真犯人であったこと。

今回、同じようにセラフィーナを殺そうとしたこと。

それだけでも衝撃的な事実だというのに、ミケーレが王位継承権を放棄すると父王に宣言したことで、城は混乱に満ちていた。

さらには、リカルドが「ポンコツ王子」ではなかったことが判明し、今まで彼を敬遠していた人々は焦りを見せている。

後ろめたさを感じているらしい者はまだ良心があるほうだ。一部の図々しい貴族たちは変わり身が早く、今までのことなどなかったかのようにゴマすりを始めているから呆れてしまう。

とはいえ、リカルドがそれに腹を立てている様子はない。「ポンコツ王子」に背を向けた者の性格くらいすでに知っているだろうし、そんな貴族たちをかまう時間はないのだ。

二度と同じような悲劇が起こらないよう、リカルドは五年前のことも併せてすべての事実を明らかにしようと奔走《ほんそう》している。

一方のセラフィーナは直接事件の処理に関わることはないため、リカルドの居城で暇を持て余していた。

（陛下は……もしかしたら、知っていたのかもしれないわ）

ミケーレと同じように、国王はザイラの罪にうすうす気づいていたのかもしれない。

そうでなければ、突然妻が罪人だと言われても納得しないだろうし、ミケーレの希望をすんなり受け入れることもなかっただろう。

何より、リカルドに王位を譲ると即決し、すでに儀式の手配を命じたという。

国の後継者争いはよくある話。そこで人が死ぬことも、加害者を知りながら黙っていることも……むしろ、生き延びた者が王位を継ぐのだと言って、争いを推奨するような国もあると聞いた。

それに比べたら、見て見ぬふりは優しいほうなのかもしれない。

しかし、結局は……国王にとってリカルド一人の命よりも、国の存続のほうが大切だったということだ。

（国を治める人なのだから、当然のことなのかもしれない。でも……そんなの悲しい。リカルド様は、本当に一人で頑張っていたんだわ）

マウロは彼のために働いていたけれど、家族から見捨てられたことはリカルドの傷を大きくしただろう。

セラフィーナは……彼の心の隙間を埋めることはできたのだろうか。

結局、大して役には立てなかった。

毒を盛られて死にかけて、迷惑をかけただけ。セラフィーナがわざわざ囮《おとり》役にならなくても、ザイラはすぐに捕まっただろう。

なぜなら自らセラフィーナにとどめを刺そうとしていたくらい、焦っていたから。

結果として彼女を捕まえることはできたけれど、セラフィーナ自身が真相に迫ったわけではない。

それに……

（子ども……）

セラフィーナは自分の腹に手を当てて、ふぅっと息を吐く。

リカルドは王位を継ぐために後継者が欲しいと言ったが、すでに彼が戴冠《たいかん》すると決まった今、急いで子を作る必要はなくなった。

セラフィーナに懐妊の兆候もない。

体調が悪かったのは、本当に疲れていただけであって、ザイラの勘違いだったのだ。

つまり、セラフィーナがこの城に残る理由はなかった。

田舎の男爵令嬢が王の妃になるなど……現実的ではない。

まだ婚約段階で、子もいないとなれば、いつ田舎に帰されてもおかしくはないだろう。

今はただ、事件の後始末に忙しく、誰もセラフィーナのことにかまっていられないだけだ。

セラフィーナがもう一度ため息をついたとき、部屋の扉が開いた。

「ここにいたのか」

「リカルド様、今日はもうよろしいのですか?」

いつも夜中に帰ってきて朝早く出ていく生活をしていたのに、珍しい。

「ああ。ようやく一段落した」

「そう……ですか」

リカルドのホッとした様子とは対照的に、セラフィーナの心臓は嫌な音を立て始めた。

忙しくて王子の婚約者について考える暇がなかっただけ——つまり、落ち着けば、セラフィーナの今後を決めなければならない。

リカルドはセラフィーナの隣に座った。

「ザイラ、様は……罪人として幽閉される。身分が身分だから、待遇はひどくはない。ただ、もう表の世界には出られないだろう」

王族や貴族の罪人が収容される城の存在を聞いたことがあるので、おそらくそこに連れていかれるのだろう。

世話係もいるし、質素だが食事や衣類に困ることもない。ただ「城」という名がついているだけで、実際は牢獄《ろうごく》のようなものだ。今まで贅《ぜい》を尽くしてきた者にとっては、つらい生活が始まる。

「陛下も……一緒に行くとおっしゃっている」

「え……？」

セラフィーナが目を見開くと、リカルドはゆっくり頷いて続けた。

「もちろんザイラ様のように幽閉されるわけではないが、五年前のことをきちんと調べさせなかった責任を取ると……一週間後、俺に王位を譲ったら、すぐに発つそうだ」

「一週間後？　そんなに早く……」

「すべての責任を自分たちが取って、新しい王を立てることでこの混乱を収めたいのだろうな」

五年前の事件の真相を見過ごした責任もあるということだろう。

何人もの人が犠牲になり、今回も未遂ではあるが人が死にかけた。犯人が野放しだったせいだ。

調査が甘かったと追及されても仕方がない。

「このまま父上が王位に留まれば、反発もあるだろうから……若くても、同情を集められる俺がいいということだ。まぁ、俺にとっても都合がいい。さっさと側室制度を廃止したいからな」

「廃止してしまったら、後継ぎが生まれなかったときに困るのではありませんか？」

「だが、複数人……特に、母親の違う王子王女がいると面倒だ。側室たち本人同士のいがみ合いだけならまだしも、彼女らの生家が介入したり子どもが巻き込まれたり……ろくなことにならない」

「それは、そうかもしれませんが……子を授かるのは、簡単なことではありません」

セラフィーナは思わず自分の腹に視線を落とした。

男女が交われば子ができる――言葉にしてしまえば簡単なように思えるけれど、実際は違う。

ザイラが苦しんだのは、なかなか子を授からなかったからだ。

同情するわけではないが、今は少しだけ気持ちを理解できる。

リカルドの子を宿せなかったセラフィーナは、約束を果たせなかった。

「直系の子でなくとも王位を継げるようになればいいが……難しいだろうな。時間をかければ皆を説得することもできるかもしれないが、実現できたとしても、それはそれでまた新たな争いの種になりそうだ」

リカルドがため息を吐く。

結局、どのような制度でも争いは絶えないのだろう。

「やっぱり一番は、正妃様が子を産むことですよね……」

今までの慣習から皆の認識が一致する。昔からそういうものだと思われているのだから、文句も出にくい。

「今は……そうなることが一番平和だ。お前には苦労をかけるかもしれないが……俺は必ず、お前を守ると誓う」

「え……？」

セラフィーナが目を丸くすると、リカルドが不思議そうに首を傾げた。

「どうした？　なぜそんなに驚く？」

「あの……私、まだリカルド様のおそばにいてもいいのですか？」

「当たり前だ。どうしてそんなことを聞く？」

リカルドはセラフィーナの反応に、怪訝《けげん》そうに眉を顰《ひそ》める。

「だって、私は……子どもを授かっていませんし……周りの方々から婚約破棄を望まれているのではないかと……」

「そうだとしても、俺が承諾するわけがない。お前、まさかもう約束を忘れたと言うつもりなのか？」

「いえ！　そうではありません。ただ……」

セラフィーナは膝の上で揉み手をし、もごもごと口を動かした。

「私は田舎者ですし、子を授かっていないのなら身を引くべきなのか、と……考えていたので」

「何を馬鹿なことを……」

リカルドは片手で顔を覆い、呆れたようにため息をついたが、すぐにセラフィーナの手に自分のそれを重ねた。

「俺は、お前にずっとそばにいてくれと言った。俺を置いていくなと。お前も約束を守ると言っただろう？　今さら離れることなど許さないぞ」

「本当に、いいのですか？　だって、私は……お役に立ちたいという意気込みばかりで、実際は何もできず……後継者を産むという約束も守れませんでした。それでもまだ、私を信じてくださるのですか？」

「当たり前だ。お前はポンコツ王子を信じ、俺の味方になるという約束を守った。あれだけ城を出ていくことを拒んでいたのに、どうして今になってそんなに弱気なんだ？」

リカルドが片手でセラフィーナの顎《あご》をくいっと持ち上げ、目を合わせる。

「ん？」と彼に優しく促され、セラフィーナは鼻の奥がツンと痛くなった。

「だって……平和な国を作るためには、正妃となる方が子を授からないといけないでしょう？　それに、やっぱりもっと由緒正しい家の方を迎えられたほうが、無用な争いを避けられると思います。側室制度も廃止するとのことですし、子を授かれない私は田舎に帰ったほうがいいのではないかって……」

「そうか。忙しくてお前を独りにしたから……不安になったんだな。悪かった」

リカルドはセラフィーナと額を合わせ、彼女を安心させるかのようにフッと微笑んだ。

「俺にとって大事なことは、国よりも自分の家族だ。一番近くにいる家族すら守れずに、この国の民を守れるわけがない。俺は……お前と結婚するよ。たとえ周りがなんと言おうと……お前が嫌だと言わない限り、離さない」

「本当、ですか？」

震える声で問うセラフィーナを、リカルドはそっと抱きしめてその背を優しく叩いた。

「ああ。国よりも大事なものがあるなど、王として失格だと思われるかもしれないが、俺は大切な人を守るために生きたい。父上は妻や子どもたちのことを気にかけることなく、政治に夢中だった。だから、五年前のようなことが起きたんだ。俺は過ちを繰り返さない」

大切なものが手から零《こぼ》れ落ちてしまうと嘆いていたリカルドはもういない。失うくらいならばと、孤独を選んだ。未来を恐れていた彼が、再び他人を受け入れようと――セラフィーナを愛そうとしてくれている。

温もりが離れ、まっすぐに見つめ合う。

リカルドの紫色の瞳の中に、もう迷いはなかった。

彼は覚悟を決めたのだ。

「セラフィーナ。お前は俺の……大切な人だ」

リカルドはどれだけの勇気を出しただろう。

すべてを失い、絶望の淵《ふち》にいた彼にとって、もう一度「大切な人」を作ることは簡単ではなかったはずだ。

「リカ、ルド様……」

「今度こそ奪わせない。俺は、お前を……家族を、必ず守る。だから、俺のそばにいてくれ。セラフィーナ……結婚しよう」

「結婚……したい。ずっとおそばに……リカルド様と離れたくありません。でも、子どもを産めなくて、迷惑をかけたら……私、ちゃんとお役目を果たせるかどうか……っ」

セラフィーナの目尻からぽろぽろと涙が零《こぼ》れた。

リカルドのそばにいたい。

けれど、彼に負担をかけるようなわがままは言いたくない。

家族が大事だというのがリカルドの本音でも、即位する以上は国のことを考えなければならないし、周囲の意見も聞く必要がある。

特に、後継者に関しては国の死活問題なのだから。

「泣くな、セラフィーナ。大丈夫だ。俺が子どもを産めと言ったから……プレッシャーをかけて悪かった。これでは父上と変わらないな……」

セラフィーナの頬に伝う涙を拭いながら、リカルドが自嘲気味に呟いた。

リカルドは優しく彼女の頭を撫でる。

「子ができてもできなくても、俺がお前と一緒に生きたいという気持ちは変わらない。それに、お前が子を産めないと決めるにはまだ早いだろう？」

「そう、なんですか？　でも、あんなにたくさん……」

リカルドと出会ってから、疲れて倒れてしまうくらい子作りをしたはずなのに。

「まぁ、その……たくさんは、したが……そういうことはあまり習わなかったのか？」

「夜伽《よとぎ》のことはちゃんと勉強しました」

「……そうか。心配なら医者に診てもらってもいいが、少なくとも今はその必要はないと思うぞ」

リカルドはやや困った様子だ。

「そうなんですか？」

「そうだ。子はそのうちできると気楽に考えていろ。悩みすぎるお前はそれくらいがちょうどいい。それよりも、ちゃんと答えを聞かせてくれ」

「え――きゃっ」

グッと手を引かれたと思ったら、ソファに座ったリカルドの膝の上に乗っていた。

「セラフィーナ。一番大切な約束だ。これからずっと俺のそばにいると、俺を置いていかないと、俺より先に死なないと……誓え」

なんだかさっきよりも条件が増えた気がするが、セラフィーナはこくりと頷く。

「はい。リカルド様がそう望んでくださる限り、私は貴方《あなた》のおそばにいます」

「お前のそばにいたい。一緒に生きよう。俺が……必ず幸せにする」

後頭部を引き寄せられて重ねた唇は、今までで一番熱く感じられた。

ちゅっと音を立てて離れると、すぐにまた柔らかく押し付けられる。

「ん……」

啄《ついば》むようなキスの合間に唇を舐められて……自然と空いた隙間からぬるりと舌が差し込まれた。

「はっ……んぅ、ぁ……んん」

熱い口腔《こうこう》を確かめるように動く舌。

予測できない動きに翻弄《ほんろう》されて、セラフィーナはリカルドのシャツを握った。

「もっと、舌を出せ」

「んっ、ン」

言われた通りに舌を差し出すと、彼のそれと絡まってぞくぞくと背が痺《しび》れる。

くちゅりと唾液が混ざる音もセラフィーナの官能を煽《あお》った。

ざらついた舌が上顎《うわあご》をくすぐったり、舌に擦りつけられたり……口付けだけで身体が火照《ほて》っていく。

主導権を握りつつも、リカルドに強引さや荒々しさはなく、じわじわとセラフィーナを気持ちよくさせる。

「セラフィーナ」

「は、い……」

吐息の交わる距離で囁《ささや》かれ、セラフィーナはぼんやりとリカルドを見つめ返した。

綺麗な紫色の瞳の奥に、情欲の炎が揺れている。

「子が欲しいなら……もっと、たくさん抱き合わないとな」

「あ——っ」

ちゅうっと首筋に吸い付かれ、セラフィーナの肩が跳ねる。

リカルドはそこから耳元までを舐め上げて、耳たぶを食《は》んだ。

「早く孕《はら》むように……気持ちよくしてやる」

「んっ、あ……リカルド、さま……」

耳の縁《ふち》を舌先でなぞり、中まで探るように舌を入れられて、セラフィーナは身を捩《よじ》る。

脳に届くかのようないやらしい音が、彼女の身体を熱くした。

リカルドは丁寧に耳を舐めながら、セラフィーナのドレスを脱がしていく。

「もう、硬くなっている」

リボンを解き、コルセットも緩め……布の合間に手を差し込んで胸の膨らみに触れると、リカルドは嬉しそうに囁《ささや》いた。

「……っ、は……ン」

彼の手のひらに擦れる胸の頂がツンと尖《とが》っていることは、セラフィーナにもわかる。

「いい声だ」

リカルドは素早くドレスの布をずり下げ、乳房を露わにした。

片方の膨らみを揉みしだきながら、もう片方に唇を寄せる。

ちゅっ、ちゅっと音を立てて肌を吸ったり、啄《ついば》んだりされると、柔らかな膨らみが揺れた。

「あっ……ん……」

緩やかな刺激がもどかしい。

頂は尖《とが》ってその存在を主張しているのに、リカルドの手や唇は柔肌に触れるばかり。

「んっ、は……リカルド、さま……」

「どうした？」

リカルドはセラフィーナの望むことをわかっているはずだ。その証拠に彼の視線が赤く色づく蕾《つぼみ》に吸い寄せられている。

それなのに、わからないふりをするなど意地悪だ。

セラフィーナがリカルドに潤んだ瞳を向けると、彼は口角を上げて笑う。

「言わないとわからない」

「や、そんな……」

「お前の望みを言ってくれ。俺が……全部叶えてやる。子を授かりたいという願いも、全部」

リカルドは巧みに胸の頂を避けて舌を這わせる。

赤い蕾《つぼみ》にぎりぎり触れない場所を何度も舐められて、セラフィーナは熱い吐息を零《こぼ》した。

「あ……そこ、触って、ください……舐めて、ほし……ッ」

「ここか？」

「あぁっ、は……あっ、あ、んっ」

ぺろりと彼の舌が先端を掠《かす》め、待ち望んだ刺激に仰《の》け反《ぞ》って喘《あえ》ぐ。

もう片方の頂は指先で引っかかれ、じくじくと燻《くすぶ》っていた熱が下腹部へと溜まっていった。

両方の胸を同時に愛撫されて、脚の付け根にじんわりと蜜が滲《にじ》む。

「ん、あ……」

その溢れてしまいそうな感覚に、無意識のうちに腰が動いていたらしい。

太腿に硬いものが触れ、リカルドがクスっと笑う。

「大胆だな」

今度はリカルドが腰を揺すり、わざと布越しの昂《たかぶ》りを擦りつけてくる。

すでに大きく膨らんだ熱塊に、セラフィーナの顔がかぁっと熱くなった。

「あ、違……そんな、つもりじゃ……ッ、あ！」

言いかけたところに、ぱくりと胸の頂を口内に含まれ、ビクッと身体が跳ねる。

リカルドはセラフィーナの腰を抱き寄せて昂《たかぶ》りを押しつけつつ、熱い口内で蕾《つぼみ》を転がし嬲《なぶ》った。

「はぅ……んっ、あ、ああ……」

時折歯を立てられると、ぞくぞくして腰がくねってしまう。

そうすると、さらに彼の昂《たかぶ》りと密着してしまい、どんどん羞恥心が煽《あお》られた。

「んん……っ、や、だめ……こんな、いやらしい……」

「だめなことなどあるものか。俺は……興奮する。お前の気持ちよさそうな表情が嬉しい……お前にも伝わっているだろう？　もっと、声を聞かせろ」

硬くなった頂を人差し指と親指で摘まれて、セラフィーナは悲鳴のような声を上げた。

「あぁっ！　や……あ、あ……」

びくびくと身体の震えが止まらない。

気持ちいい——秘所からはとうに蜜が溢れて下着を濡らしている。

まだ触れられていないのに……

「あっ、リカルド、様……ッ、は……」

「わかっている。たくさん濡れてきたな」

布越しでも、蜜が滲《にじ》んで濡れた感覚が伝わっているのだろう。

リカルドは目を細め、セラフィーナを見上げた。

「ほら、触ってやる」

「ん、ああ……」

ドレスのスカートの中へリカルドの手が入り込む。迷うことなく下着の隙間へ侵入し、蜜が零《こぼ》れる場所に辿りついた。

「ぬるぬるだ」

彼の手のひらが、秘所にぴたりとくっついて前後に動く。

長い指がくっと割れ目に押し当てられて、セラフィーナは背をしならせた。

「あっ、あ、あぁ……は、あんっ」

指が滑るたびに、くちくちと粘着質な音が聞こえる。

割れ目をなぞったり、泉の入り口の浅いところをかき混ぜたりと、リカルドはこちらもじっくりと愛撫するつもりのようだ。

「んんっ」

焦らされて汗が滲《にじ》む。

もっと奥まで触れてほしくて、下腹部が疼《うず》いて仕方ない。

セラフィーナは涙目でリカルドを見つめた。

「も……触って……」

「触っているだろう？」

「んっ、もっと、中を……熱くて、おかしく、なっちゃいます」

「いい子だ」

言うが早いか、ずぷりと指が奥へ沈み込む。

「あぁ――っ」

「ああ、本当に熱いな……奥、気持ちいいか？」

しとどに濡れた泉は抵抗なく彼の長い指を受け入れ、きゅうきゅうと締め付けた。

セラフィーナの目尻から涙が一滴零《こぼ》れ落ち、リカルドがそれを舐めとる。

「あっ、きもち、いい……リカルドさま……」

くにくにと指先を動かされ、奥のいいところを突かれると、さらに蜜が溢れていく。

リカルドが引き出す快感を追って腰がくねった。

手のひらに秘芽が擦れて気持ちいい。

「あっ、ああ……」

「可愛い。セラフィーナ、もっと欲しいか？」

「ん……」

リカルドに「可愛い」と言われて、腹の奥が熱く疼《うず》く。

はしたないと思うのに、王子が嬉しそうにすると、もっと求めていいと言われているみたいで、
セラフィーナは何度も頷いた。

「それなら、こっちに座れ」

「あっ」

一瞬の浮遊感の後、ソファに座らされる。

リカルドは彼女の前で膝をつき、脚を大きく広げさせた。

「や、うそ……こんな格好……っあ、あぁん」

セラフィーナが戸惑うのも無視して、リカルドは脚の付け根に顔を埋める。

濡れた秘所を舐めあげられ、彼女は大きく背をしならせた。

そうするとソファにもたれかかることになり、腰が前へと滑ってリカルドに秘所を押しつけるような格好になってしまう。

「ここを舐めてほしいだろう？　真っ赤になっている」

「ひゃうっ、んっ、あっ……ああ、あッ」

舌先でちろちろと秘芽を舐められ、あまりに強い刺激で声が高くなる。

リカルドはちゅっと音を立ててそこを吸い上げ、熱い口内で愛撫を続けた。

「あぁ、あ……はっ、ん」

びくびくと腰が跳ね、逃げそうになるのを抱え込まれて……快感から逃れる術《すべ》がない。

セラフィーナの身体はどんどん高みに押し上げられて、息が荒くなった。

「ああ、も……や、だめぇ……ひあっ、ああ――」

涙を流して喘《あえ》ぐのに、リカルドはさらに泉に指を沈める。

先ほどよりも圧迫感が強いのは、指が二本だからだ。

リカルドの長い指がぬぷりと奥へもぐり込み、熱い襞を撫でる。奥を小刻みに擦った後は、ゆっくりと引き抜く。

指の抜き差しを続けながら、泉から溢れてくる蜜を夢中で舐めて……

「あ、ああ、あっ……」

セラフィーナの爪先に力が入り、太腿でリカルドの頭を挟んでしまう。

すると、彼女の絶頂が近いことを感じたらしいリカルドが、片手を胸の膨らみに伸ばした。

柔らかな乳房をやや荒く掴み弄《まさぐ》って、その先端を見つけるとすかさず指で摘まむ。

「っ、あ、ダメ、そんな……あっ、あ、ああ――ッ」

三カ所を同時に責められて、セラフィーナはあっという間に達した。

身体がしなり、息が止まる。

時が止まったようだったのは一瞬で、すぐに汗が噴き出してぐったりとソファに倒れ込んだ。

下腹部に燻《くすぶ》っていた快感が弾けて解放されたような感覚と同時に、まだ腹の奥が疼《うず》いているような気もする。

絶頂の余韻でぼんやりとしつつ、息を整えている間、セラフィーナの視界にはリカルドの衣服が床に落ちていくのが見えた。

そうしてすぐにソファが上下し、セラフィーナの腹でぐちゃぐちゃになっていたドレスが剥ぎ取られる。

膝を押し開かれ、熱い昂《たかぶ》りが秘所に宛がわれて……

「あ……」

「挿《い》れるぞ」

「あぁ――」

言うが早いか、リカルドは性急に自身をセラフィーナの中に埋め込んだ。

しとどに濡れた泉に押し込まれる剛直を、彼女の中は悦《よろこ》んで受け入れる。

「は……蕩《とろ》けていても、きつくて……締め付けられる……」

「んぁ、あ……リカルド、さま……」

苦しさすら覚える圧迫感だというのに、彼女の中はいやらしくうねってリカルドを奥へ誘い込んだ。

そうして昂《たかぶ》りを最奥まで迎え入れ、セラフィーナはその幸せに身体を震わせる。

「リカルド様……好き……」

「俺もだ。セラフィーナ」

セラフィーナが手を伸ばすと、リカルドが上半身を倒した。

彼の重みを感じたくて、セラフィーナは広い背中に手を回す。

胸の膨らみが逞《たくま》しい胸板にくっついて……じっとりと滲《にじ》む汗。

その一滴一滴までが絡み合うような交わりは、今までで一番彼を近くに感じられた。

どちらからともなく唇を重ね、お互いの体温を確かめる。

「ん……ふ、ン……」

ちゅぷりと淫らな音を立てて舌を絡め合っているうちに、リカルドの腰が緩やかに動き出す。

結合部からも粘着質な音が聞こえてきて、二人の体温がさらに上がっていく。

奥のほうをゆっくりと優しく探られると、キスの合間にも甘い声が漏れた。

「ああ……ん、んっ、ぁ……はぁっ」

「セラフィーナ……ここ、気持ちいいか？」

「んぁっ、あ、んっ」

トントンと最奥を小刻みに突かれ、セラフィーナは身をくねらせる。

リカルドは彼女のよく感じる部分がわかっているようで、巧みに腰を揺らして快楽を生み出した。

「声が、甘くなった。ほら……」

「ああっ、リカ、ルド……さまも……」

リカルドはじっくりと時間をかけて昂《たかぶ》りを抜き差ししながら、悶《もだ》えるセラフィーナを観察している。

「大丈夫だ。俺も気持ちいい……こうやって……」

「あぁんっ」

「お前の中が俺に絡みついてくる」

リカルドは恍惚の表情ではぁっと息を漏らし、ソファに両手をついた。

泉の奥を行き来していた昂《たかぶ》りが浅いところまで引き抜かれ、セラフィーナの中が切なく疼《うず》く。

「や……」

「そんなに煽《あお》るな。ちゃんと、奥も突いてやる」

「っ、あ――」

自分はどんな表情をしていたのだろうか。

セラフィーナの視線を受け止めたリカルドが、一瞬ぎらついた目をしたように感じた。

同時にぐっと奥まで昂《たかぶ》りが押し込まれ、目の前でちかちかと光の粒が散った。

浅いところから深いところまで、硬くて大きな剛直が何度も何度も行き来する。

昂《たかぶ》りの先端が抜けそうになると切なくて、腹の奥を突かれると満たされて……セラフィーナの身体は与えられる悦《よろこ》びを余すことなく享受しようと、リカルドのものに絡みつく。

「ああ、すごいな……俺を離そうとしない……そんなに俺が欲しいか？」

リカルドは上ずった声で言いながら、律動を速めた。

「っ、ほしい……欲しいです。リカルド様の全部……だからっ、もっと、して……」

嬉しそうな彼の表情がセラフィーナを煽《あお》り、彼女は涙を零《こぼ》しながら懇願する。

すると、苦しそうに息を詰めたリカルドがセラフィーナの腰を掴んだ。

「悪い。余裕、ない……」

「あ、ああッ」

荒々しく昂《たかぶ》りを突き立てられ、セラフィーナの身体が激しく揺さぶられる。

乱暴にも思えるその行為は、しかし、より一層大きな快感を生み出した。

「あっ、も……すぐ、きちゃう……っ」

余裕のないリカルドの表情や仕草が嬉しい。

理性がきかないくらい愛してくれるのが全身で感じられて……その喜びは快楽に直結し、セラフィーナを絶頂へと追い立てた。

「俺も……イく……っ」

「あぁ、あ……あっ、あぁんッ」

一度目よりも大きな愉悦の渦に巻き込まれ、セラフィーナは悲鳴にも似た嬌声を上げて達する。

彼女の中がリカルドの昂《たかぶ》りにねっとりと絡みつき、それに促されるように彼が最奥で精を放った。

セラフィーナの中にじんわりと広がっていく熱――それを一滴も逃すまいと、彼女の中はいやらしく蠢《うごめ》く。

「あ……」

心臓の音が脳に直接響いているみたいに大きく聞こえる。

リカルドも呼吸を乱しながら、腰を緩やかに動かした。

「……セラフィーナ」

彼は自分の吐き出した精を確かめるかのように彼女の腹を撫でる。

その優しい手つきにすら快感を覚え、セラフィーナは腰を震わせた。

「ん……だめ、あ……」

すると、中に埋まったままのリカルドの昂《たかぶ》りがビクリと反応する。

「まずいな……」

「リカルド、さま……?」

リカルドが昂《たかぶ》りを引き抜いて、セラフィーナの手を引く。

彼女が身体を起こすと、彼がその手を自身のものに導いた。

「足りない……ほら……」

「――っ」

突然のことに、セラフィーナは口をぱくぱくさせる。

その手に触れたのは、もちろん男性の象徴だ。今の今まで自分の中に受け入れていた。

それを知らしめるのは彼にまとわりついた蜜、そして、彼自身が吐き出した精。

セラフィーナの視線は初めてしっかりと見る男性器に釘付けになった。その生々しい姿にごくりと喉が鳴る。

「もう、こんなに硬くなった……お前の中で、たくさん出したのに……」

ぬめった昂《たかぶ》りに沿って、手のひらが上下に動く。

リカルドにそうさせられているからなのだが、何度か繰り返すうちに、セラフィーナは自然と彼のものを握っていた。

「っは……お前も、物足りないか？」

ビクッとして、リカルドの腹に力が入ったのがわかる。

「聞かなくても、わかるが……」

そっとリカルドの手が彼女のそれから離れて、秘所へ伸びた。

セラフィーナの泉からもとろりと新たな蜜が溢れてソファを濡らしている。

リカルドは蜜口に指先を埋め、くちゅくちゅとわざと音を立てた。

「ほら……」

つぷりと奥へ入り込む指に、セラフィーナの身体が跳ねる。

「あっ」

「っ、く……」

その拍子に昂《たかぶ》りを強く握ってしまい、リカルドが呻《うめ》いた。

「ああ、ダメだ……もう一度、お前の中に入りたい」

「ん……」

リカルドはもどかしそうにセラフィーナの身体を引き寄せて、ソファの座面に手をつかせる。

「あ、リカルド様？　なに――ッ！」

彼女が振り返ったときには、リカルドのものが中へ入っていた。

彼はセラフィーナの腹に手を回し、ぐりぐりと腰を押しつける。

「ああ……や、これ……んんっ」

いつもとは違うところに先端が擦れてぞくぞくする。

リカルドはセラフィーナの肩に顎《あご》を載せ、耳にかぶりついた。

「気持ちいい……お前の中、すごく、熱くて……ずっとこうしていたい」

「あぁん……耳、だめ……」

「じゃあ、こちらにするか？」

「んあっ」

リカルドの手が腹から膨らみへ上がって、人差し指で頂を引っ掻かれる。

痺《しび》れるような快感が背を伝い、秘所がうねった。

彼の形を覚え込むかのように、襞が絡みついていく。

「よさそうだな」

「んっ、あ……気持ち、いいです……」

「ああ、俺もだ」

緩やかに腰を前後させながら、胸を愛撫される。

じわじわと快感が膨らんでいき、セラフィーナも無意識に腰を揺らした。

こんなふうに獣が交わるように快楽を貪《むさぼ》る姿でいることすら、新たな愉悦を生み出す。恥ずかしいなどと気にする余裕などなく、ただ本能的にリカルドと一つになることだけを求める。

「あっ、リカルド様……リカルド様……」

「セラフィーナ」

名前を呼ばれるだけで与えられる幸福感。

心を通わせて身体を重ねることがこんなにも気持ちよくて満たされる行為だと……初めて知った。

「好き……好き。リカルド様……」

「セラフィーナッ」

グッと腰を引き寄せられて、膝が絨毯《じゅうたん》に擦れる。

その痛みさえ快楽で塗り潰され、セラフィーナはソファに縋《すが》るようにして喘《あえ》いだ。

「ああっ、あ、激し……あっ」

「悪い。もう止まらない。セラフィーナ、愛している……ずっと、俺のそばにいてくれ。絶対……離れるな……」

リカルドはセラフィーナの細い腰を掴み、激しく腰を前後させる。

奥を何度も何度も穿《うが》たれて、セラフィーナは涙を流して嬌声を上げた。

律動に合わせて揺れる胸がソファに擦れて気持ちいい。

リカルドの汗がぽたぽたと背に落ちてくる。それさえも痺《しび》れるような快感をもたらす。

「あっ、きちゃう。もう……も、あっ、ああ――」

ぎゅっと中が収縮し、リカルドを締め付けた。

だが、彼は止まることなく、隘路《あいろ》をさらに押し広げるかのように腰を動かし続ける。

「や、だめっ、リカルドさまぁ……おかしく、なっちゃ、んんっ」

セラフィーナが首を横に振り、泣きながら振り返ると、乱暴に唇を塞がれた。

彼女の懇願を呑み込んで、リカルドは腰を打ち付ける。

快楽に次ぐ快楽でおかしくなりそうなところに、呼吸まで奪われて、セラフィーナの意識は飛びそうだった。

ようやく唇を解放されたと思ったら、リカルドが切ない声を出す。

「いい。おかしくなって……俺なしでは生きられなくなるくらい、もっと刻みつけたい……っく」

「あ――」

ぎゅっと力強く抱きしめられたのと同時に、リカルドが白濁を吐き出した。

身体に力が入らず、セラフィーナはぐったりとソファに身を預ける。

背中にはリカルドの重み――幸せと、彼のすべてを受け止める責任の重みだ。

「離れたくない……」

「私もです。不安に、ならないで……ずっと、一緒にいると、約束したではありませんか」

セラフィーナはなんとか首を動かして、リカルドに微笑みかけた。

彼の目元で光る雫《しずく》は、汗か、涙か……

「セラフィーナ……」

リカルドが彼女を後ろから抱きしめたまま床に倒れ込む。

まだ繋がったままの場所からはじんわりと蜜が零《こぼ》れた。

「リカルド様、顔を見せてください」

「嫌だ……」

その言い方が、どこかポンコツ王子を思い出させて、セラフィーナの胸が疼《うず》く。

彼女は大きく息を吸って力を振り絞り、彼の腕から抜け出した。

そうしてリカルドと向き合って、彼の胸に顔を寄せる。

「大丈夫です。私はここにいます」

「……ん」

リカルドがセラフィーナの頭に頬を擦り寄せるのがわかった。

その甘えたような仕草にまた胸が疼《うず》く。

「セラフィーナ……ありがとう」

その穏やかな声が、リカルドの今の心を表しているようで安心する。

これからは、セラフィーナが彼の心に寄り添って生きていく。

過去の悲しみは消えなくても、少しずつ幸せを増やしていけばいい。

今この瞬間から、リカルドの新しい人生にたくさんの喜びが訪れるようにと祈りながら……セラフィーナは彼を抱きしめた。

＊＊＊

一週間後。

シャルドワ王城では、リカルドの戴冠式《たいかんしき》が行われた。

急遽《きゅうきょ》決まったことだったにもかかわらず、王国中から貴族たちが集まり、式は滞りなく進んだ。

正式な婚約発表はしていないが、リカルドはセラフィーナを自分の伴侶として式に出席させた。

セラフィーナのドレスはいつかの流行遅れのものとは違い、王家御用達の仕立て屋に作らせた最新のデザインだ。

戴冠式《たいかんしき》では、リカルドはもちろんその伴侶にも注目する貴族が多く、セラフィーナは居心地が悪かった。

戴冠《たいかん》を終えて祝いのパーティ会場へと場所が変わっても、それは変わらない。

「リカルド様は、このままあの娘を妃に据えるおつもりか？」

「まさか！　リカルド様は優秀な方だ。懸命な判断をするに違いない。ポンコツが治ったのなら、あれも用済みだろう」

ひそひそと聞こえてくるのは、リカルドとセラフィーナの婚約をよく思わない声。

予想はしていたことだが、実際にそう言われてしまうと気分が重くなる。

（やっぱり……みんな納得はしてくれないわよね）

セラフィーナは眩しすぎるシャンデリアの光に目を細めて、皆の前で挨拶をしているリカルドに視線を向けた。

キラキラと輝く舞台にふさわしい新国王。

すらりと背が高く、綺麗な銀髪と紫色の瞳に似合う中性的で整った顔。穏やかな笑みを浮かべ、淀《よど》みなく、かつ堂々と話し、国王としての威厳も兼ね備えている。

それに比べてセラフィーナは……

「見てあれ……ドレスに着られているみたいだわ」

「いいではありませんの。思い出作りですわ。今はまだ婚約者として扱われているけれど、すぐに代わりが見つかって田舎に帰るのですから」

流行最先端のドレスを着たところで、所詮は田舎者。美人でもなければ、妃としての器量も足りない。「ポンコツ王子」を押しつけるのに都合は良くても、国王の妃となれば話は別だ。

リカルドは結婚しようと言ってくれたけれど、やはり周囲は簡単に賛成しない。

(だからって、あんな言い方……ひどいわ)

まるで、自分が新しい婚約者になれると言わんばかりの口調だ。

つい数カ月前まで「ポンコツ王子」を馬鹿にし、敬遠していた娘たちは皆、今や目をギラつかせてリカルドを見ている。

自分こそが彼の隣に立つにふさわしいと信じて疑わない様子だ。

手のひら返しもここまで来ると潔い。

セラフィーナはふぅっとため息をついて、できるだけ人の少ない場所で縮こまった。

やがてリカルドの挨拶が終わると、彼に群がる貴族たち——以前はミケーレの周りに集まっていた者たちばかりだ。

リカルドは彼らに対応しつつも、歩みを止めずにセラフィーナのもとへやってくる。

「セラフィーナ。悪い、待たせたな」

「いいえ……あの、リカルド様……」

彼の後ろにずらりと並ぶ貴族たちの視線が痛い。

自分が場違いだとでも言われているかのようで、セラフィーナは頬を引き攣《つ》らせ、一歩後ろへ足を引いた。

「私……あちらでお食事をいただいていますから……」

「食事なら、一緒にすればいい」

逃げ腰の婚約者の腰を引き寄せ、リカルドが再び歩き出そうとすると、貴族の一人が声を上げる。

「リカルド様、お待ちください」

「なんだ？」

リカルドが振り返ると、年配の男性が前へ進み出た。

「本日は由緒正しい家柄の娘たちがたくさんおりますし、いい機会ですから皆と交流されてはいかがでしょう？　皆、リカルド様とお話しできるのを楽しみにしていたのですよ」

揉み手をしながら、ちらりとセラフィーナに向いた彼の視線は、明らかに彼女のことを邪魔者扱いしていた。

「話、とは？」

「え？」

「私が彼女たちとしなければならない話は特にないと思うが」

リカルドがきっぱりと答えると、男性はハハハと乾いた笑いを漏らし、額の汗を拭う。

「リカルド様、いえ、国王陛下。陛下が戴冠《たいかん》した今、次に必要なのは妃となる女性です。由緒正しい出身の、十分な教育を受けた、陛下にふさわしい伴侶でございます」

「私の伴侶はセラフィーナだけだ。すでに正式な婚約式の準備も進めている」

「いえ、ですから……」

男性の笑顔が引き攣《つ》って、苛立ちが見え隠れする。

リカルドがきっぱりと断っているというのに、引く気はないらしい。

「正式に決定を下す前に、もう一度ゆっくりとお考えになる時間が必要かと」

「そうですわ、リカルド様。そちらの方は王妃にふさわしくありません。リカルド様のお心が弱っている隙につけ込んだ、卑《いや》しい田舎者ではありませんか」

男性の後ろにいた彼の娘らしき若い女性がさらに声を上げる。

すると、他の娘たちもざわめき始め、会場は異様な雰囲気に包まれた。

「そうよね……男爵家から妃になんて、前例がないわ」

「あの王妃様に取り入ったって話じゃなかった？」

「まぁ、怖い。あんな方と繋がりがあるなんて……信用できないわよね」

セラフィーナは毒殺されかけたというのに、どうしてか王妃と共犯のような扱いだ。

「コホン」

男性のわざとらしい咳払いで静けさが戻ると、彼はまたにっこりと笑みを浮かべる。

「つまり、皆は陛下の公正なご判断を望んでおります。そちらの方との縁談は一度白紙に戻し、ご再考いただきたいのです。ポンコツ王子ではなく、シャルドワ国王陛下としての決定をお願いいたします」

「……そうか」

リカルドがため息とともに呟くと、男性の笑顔がパッと明るくなった。自分の意見が通ったと思ったのだろう。

「それでは――」

「再考の結論ならば、今ここで話そう。私の婚約者はセラフィーナ・パルヴィスだ。その結論は変わらない」

セラフィーナの腰に添えられたリカルドの手に力が籠《こも》る。

国王の言葉に笑顔のまま一瞬固まった男性が慌て出しても、リカルドは動じなかった。

「いや、しかし――」

「人を悪く言うことで自分をよく見せようとする行為は『由緒正しい家柄』に泥を塗る行為だ。噂を真に受けて、あることないことよく喋るのも、『教養がある』とは言いがたい」

男性の反論を遮《さえぎ》ってリカルドが目を眇《すが》めると、周囲の貴族たちは気まずそうに目を逸らす。

「それに、パルヴィス家は由緒正しい男爵家だ。マルティーノの仕事ぶりも聞き及んでいる。大きな事業に関わっているわけではないが、着実に成果を上げていると。セラフィーナの妃教育はまだ途中だが、彼女は真面目に取り組んでいて、素質も十分あると教師に言われている。そうだな、マウロ?」

「ええ、その通りでございます」

いつのまにか近くに控えていたマウロが穏やかな口調で同調した。

セラフィーナは父親の仕事の詳細などは知らないが、首都での仕事も少なからずこなしているのだ。評判が悪いわけではないだろう。

妃の素質があるというのは、実際にリカルドが教師に「言わせた」ので間違ってはいない。それもリカルドが正気であるとわかっての手のひら返しのような気がするけれど……

真面目に取り組んでいるのは本当なので、余計な口は挟まないことにする。

「そもそも、私は『ポンコツ王子』を演じていただけで、セラフィーナを婚約者にしたときも正気だった。その私の決定を疑うことがどういうことか、わかっているか?」

リカルドの低く唸《うな》るような声に、セラフィーナはごくりと喉を鳴らした。

彼に意見していた男性も口を引き結んで黙り込む。

「セラフィーナは、ポンコツだった私を唯一認めてくれた人だ。私のわがままを受け入れ、母上を失った悲しみを癒《いや》し、生きる希望を与えてくれた。私に必要なのは、セラフィーナのような芯の強い、優しい女性だ。身分や教養などではかれない……私は彼女の内面に惚れた。この事実が覆《くつがえ》ることなどありはしない」

リカルドの言葉に、セラフィーナの胸がぎゅっと締め付けられる。

こんなふうにまっすぐ自分への好意を表現するリカルドが愛おしい。同時に、周囲の反対を「仕方ない」と思っていた自分を反省する。

リカルドが自分に寄せてくれる信頼と同じくらい、セラフィーナは彼を信じて堂々としていなければならないのに……

「彼女以外を私の隣に立たせるつもりはない。正式な婚約発表前だから今夜の件は咎《とが》めないが……これ以上彼女を侮辱するのなら、それ相応の処遇を覚悟しろ。話は以上だ。あとは適当に楽しんでくれ」

リカルドはそう言って、セラフィーナを促した。

彼女は慌てて目の前の貴族たちに会釈をし、彼に従って歩く。

リカルドは楽しめと言ったが、会場の雰囲気はもはや祝いの席とは程遠い。楽しそうな声は皆無で、沈黙が痛い。

新国王に詰め寄った者たちはもちろん、それを見ていただけの者たちも気まずそうにしている。

そんな中、リカルドはどこに行こうというのだろうか。

そう心配しながら歩いていると、リカルドは食事の並んだテーブルの前で立ち止まった。

「ほら、好きなものを――セラフィーナ？　どうした？」

「え？　あ……えぇと、お腹が空いていらっしゃったのですか？」

ぽかんとしていたセラフィーナにリカルドが首を傾げ、不思議そうな彼にセラフィーナがさらに首を傾げ、二人で見つめ合う。

「腹が減っているのはお前だろう」

「私ですか？」

「そうだ。さっき、こっちで食事をすると言っていた」

「あ、ええ……そうなのですが……そうではないと言いますか……」

先ほどの発言は、空腹だったからではなく、自分は席を外したほうがいいと思ったからなのだが……

「どちらにしても、今のうちに食べてしまって早く退散するのがいいだろう」

リカルドもセラフィーナの気持ちは理解しているようで、肩を竦《すく》める。

せっかく参加者たちに釘を刺したのだから、彼らがショックから立ち直ったり開き直ったりする前に、逃げるほうがよさそうだ。

まさかまた婚約者の選び直しを話題にする者がいるとは思いたくないが、国王となったばかりのリカルドになんとか取り入ろうとする貴族は多いに違いない。

彼もそれがわかっているのだろう。

面倒そうにため息を吐く。

「セラフィーナ。ぼうっとしていると、食べ損ねるぞ」

「あっ、はい！」

リカルドが片っ端から料理を皿に盛っていく後に続いて、セラフィーナも食事を取り分ける。

最初こそ早く食事を済ませなければと急いでいたが、山盛りになっていくリカルドの皿を見ていると、笑いが込み上げてきた。

「ふっ、ふふ……」

「どうして笑うんだ？」

「だって……リカルド様の盛り付けが豪快だから……それは、演技ではなかったんですね」

初めて会ったときから「本当の彼」を見せてくれていたとわかって、とてもくすぐったくて嬉しくなったのだ。

「これは……別に、癖で……パーティのときは、こういう振る舞いをすれば幼く見えると思ってやっていただけだ。五年も続けていれば、癖にもなるだろう」

リカルドは視線を泳がせつつ、やや早口で答える。

「そうですね。でも、これからは上品に食べてほしいみたいですよ。ご自分で取り分けるのも、今日が最後かもしれません」

テーブルで料理を取り分けるために待機していた使用人が、セラフィーナの視線を受けておずおずと頭を下げる。

「……努力、する」

「はい。私も気をつけます」

リカルドも苦い顔をして言うのに続けて、セラフィーナは笑った。

食事を済ませ、簡単に挨拶回りをした後、リカルドとセラフィーナは二人の居城へ戻った。

今は使用人が配置され、だいぶ本来の「王族の城」らしさが出てきている。とはいえ、リカルドが国王に即位したので、明日からは本城へ移る予定だ。

二人に付く使用人ももっと増えるかもしれない。

湯浴みを済ませたセラフィーナがそんなことを考えながら寝室へ行くと、リカルドも浴室から出てきたところだった。

「リカルド様、またシャワーだけですか？」

「ん？　ああ……一人で済ませることに慣れてしまったからな。今さら誰かに手伝ってもらうのも変な気分だ」

その気持ちは理解できなくもない。今まで一人でできていたのだから、わざわざ誰かにやってもらう必要はないだろう。

「でも、以前はそうしてもらっていたのですよね？」

「まぁ、そうなんだが……」

二人でベッドに腰かけて、ほぅっと同時に息を吐く。

「パーティに慣れるのに、あと何回かかるでしょうか」

「俺の即位と結婚で、何度も祝いの席が設けられるだろう。すぐに慣れる」

「そのうち、リカルド様は皆に捕まって帰ってこられなくなりそうです。今日は意外とすんなりと帰ってこられましたけど」

「今日はいい具合に騒いでくれた輩《やから》がいたからな。今後も政治に関わりたければ、これ以上祝いの席で揉め事を起こすのは得策ではないとわかっただろう」

あの男性がリカルドの婚約に口を出し、怒らせたからなのか……皆、リカルドの機嫌を取ろうと必死だった。主役が早々に退出することにも、誰も文句を言わなかったのだ。

リカルドの言うように、国王の機嫌を損ねないようにと言葉を呑み込んだ者もいただろうし、純粋にリカルドの気持ちを考えて何も言わなかった者もいたはずだ。

マウロがうまく取りなしてくれたのか、リカルドとセラフィーナの食事が終わる頃には、パーティはそれなりに和やかな雰囲気を取り戻していた。

ダンスを踊ったり、歓談したり……皆、五年前の真相が明らかになり内政が正されたことに安堵《あんど》していたような気がする。

それでも、やはり今後の国の行く末を憂《うれ》えているだろう。

「これから、また大変になりますね」

「そうだな……」

「でも、きっと大丈夫です。リカルド様なら大丈夫」

「お前はいつもそう言うな」

リカルドがセラフィーナの髪を撫でる。

「俺が悪夢にうなされていたときも……大丈夫だと言って背を撫でてくれた」

「え……あのとき、起きていらっしゃったのですか？」

「ああ」

驚いて目を丸くすると、リカルドはフッと目を細めて笑った。

「あの夜はどうして眠れたんだろうな。それも、警戒していたはずのお前の隣で……いつもは眠るのが嫌で仕方なかったのに」

「お母様の夢を、見るからですか？」

セラフィーナが問うと、リカルドは穏やかに頷いた。

「ああ。でも、あの日……浴室から戻ったら、お前が無防備に眠っていて……無条件に俺を信頼するお前の寝顔を見ていたら、いつのまにか自分も隣で眠っていたんだ」

セラフィーナに背を向けていたのは、本能的なものなのだろうか。

「お前が『大丈夫』と言って背を撫でてくれて……中途半端な慰めや同情はいらないと思っていたはずなのに、振り払えなかった。お前を拒絶したら、もう二度と俺に寄り添ってくれる人は現われないと、どこかでわかっていたのだろうな」

「そんなことはありませんよ。マウロさんはずっとリカルド様の味方でいるじゃありませんか」

「マウロは少し違う。最後には、侯爵家を取らなければならない身だ。いくら俺に仕えたいと思っても……政治上、立場を変えなければならないときがいずれ来ただろう」

頬に触れるリカルドの手に自分のそれを重ね、セラフィーナは彼の目をまっすぐに見つめる。

「それでも、ただリカルド様の力になりたいと願うだけじゃなく、実際にリカルド様を支えられる知識や経験を持っているマウロさんには敵いません。だけど……リカルド様は私を信じてくださいました。一緒のベッドで寝て、食事も作らせてくれて、好きだと言ってくれた」

根拠のない「大丈夫」という言葉に耳を傾けてくれた。

「今日も、皆さんの前で私を婚約者だと宣言してくれて、嬉しかったんです。もう私は必要ないんじゃないかと自信をなくしていたことを反省しました」

リカルドのそばを離れなくてはいけないのではないか。

そんな考えがよぎったのは、セラフィーナがリカルドを信じきれていなかったからだ。

国王となった彼が優先すべきは国のこと。セラフィーナとの婚約になんの利点もなくなれば、彼のもとを去らなければならない。

セラフィーナの気持ちは二の次だと……

リカルドはセラフィーナの話を聞きながら、ゆっくりと首を横に振る。

「いや……お前は悪くない。俺が忙しさを理由に婚約発表を後回しにしたから、浅はかな貴族たちを期待させた。もっと早く、俺がセラフィーナを選んだのだと釘を刺しておくべきだった」

「そんなこと……」

「あるんだ」

リカルドはセラフィーナの唇に人差し指を押しつけ、その後すぐに唇を重ねた。

「ん……リカル……ッ」

これ以上、セラフィーナが自分自身を責めないようにと言葉を呑み込んでいくみたいだ。喋る隙を与えられないまま、キスが深くなっていく。

ゆっくりとセラフィーナの口内を味わいながら少しずつ体重をかけられて、彼女の頭が枕に沈んだ。

「はっ、ン……」

ちゅくりといやらしい音が響き、セラフィーナの身体がじんわりと熱くなる。

リカルドは彼女の頭を優しく撫でつつ、キスを続けた。

「もう……あんな思いはさせないから……お前だけだ。俺の……大切な人……」

セラフィーナが息をするのもやっとなのに対し、リカルドはキスの合間に甘く囁《ささや》く。

「セラフィーナ……離れるなよ……俺の気持ちは、お前にしか向いていない」

「ん、リカルドさ……も、大丈夫、だから……」

リカルドの胸を押し返すと、その手を取られ、手の甲にキスが落ちてくる。

たったそれだけの触れ合いで、セラフィーナの身体の奥が疼《うず》いた。

「離れません。リカルド様の信頼が、私の自信の根拠になりました。今までは空回りでしたけど……」

妃教育をしっかり受けられるようになって、随分と王国の政治や外交関係に詳しくなった。

リカルドを支えるための知識が増えたことも、セラフィーナの自信になっている。それでも不安だったことは、今日リカルドが払拭してくれた。

リカルドがセラフィーナを必要としてくれること——たったそれだけで、セラフィーナはもっと頑張れる。

もう迷わなくていいのだと、改めて思えた。

「これからは、堂々とリカルド様の隣に立ちます。皆さんに、つけ入る隙があると思われないように」

「ああ、そうしてくれ……」

セラフィーナが拳を握って決意表明すると、リカルドは眩しそうに目を細める。

「お前のそういう強さが愛おしい」

「私を強くしてくれるのは、リカルド様です」

「ああ。俺も……お前のために強くなるよ。もっと……」

ぎゅっと抱きしめられて、セラフィーナも彼の背に両手を回した。

大きな背中を力いっぱい引き寄せて、隙間がないくらいにくっつく。

「リカルド様、大好きです」

「俺は……セラフィーナ、お前を愛している」

耳元で囁《ささや》かれた初めての言葉。

セラフィーナの人生で一番嬉しい告白だろう。

これからずっと、何度も繰り返し愛を囁《ささや》かれても……この瞬間は特別だ。

リカルドの愛を噛みしめながら、セラフィーナは彼の胸に頬を擦り寄せた。

終章

馬車はいつもより速く進んでいるというのに、リカルドの視界に映る窓からの牧草地は、永遠に続くかのように思われた。

はぁっとため息をついて額に手を当て、リカルドは奥歯を噛む。

こんなときに限って外交会議は揉めに揉め、帰国の途につくのが遅くなってしまった。

もっとスマートに立ち回れたらとも思うが、そうだったとしても、王位についたばかりの若輩者が何を言おうと一筋縄ではいかないだろう。

まして、前正妃が罪を犯し、先代も電撃引退。第一王子は王位継承権を放棄し旅に出て、新しい王はやっと十九歳になったばかり。しかも一時はポンコツとまで言われていた男だ。

即位から一年ほどが経とうとしているが、内政の混乱は治まったとは言いがたく、他国からの評判も地に落ちたまま……

唯一の救いは、どの国も先代からの同盟を維持しようとしているらしいことだ。そうでなければ、シャルドワ王国はとっくに攻め込まれ、混乱を極めているはずだ。

それを阻止するために、リカルドはこうして各国を回っている。

シャルドワ王国がそれなりに国力を蓄えていたことと、昨年の不作で食糧難の国が多いことを幸いと思うべきか……

「もっと急げないのか？」

「申し訳ございません。これ以上は馬がもちません」

リカルドがやや苛立った声を上げると、御者が申し訳なさそうに答える。

リカルドも頭ではわかっているが、それでも今は……早く愛しい人のもとへ行かなければならない。

人生で一番大切な人に、早く会いたい。

（セラフィーナ――）

リカルドは膝の上で拳を握りしめた。

セラフィーナがリカルドの人生を変えたのは、ちょうど一年前ほど前のことだ。

「ちょっと貴女《あなた》たち――」

パーティ会場で一人踊っていたポンコツ王子は、すぐに招待客のいざこざに気づいた。

視線だけ動かしてみると、二人の令嬢を睨み、不快感を露わにする地味な娘がいることが確認できた。

明らかに見劣りするドレスに、流行を取り入れない髪型。化粧もパッとしない。何より、パーティで他の客に喧嘩を売っている、変な娘だ。

「リカルド様に対する貴女《あなた》たちの発言は王室への侮辱になりますよ」

一体何を言い出すかと思えば、ポンコツ王子をかばい出し、リカルドは呆れてしまった。

王室への侮辱になどならない。

ポンコツ王子の扱いは、令嬢たちが言う通りシャルドワ王国の「恥」以外の何物でもない。

父王も王妃も心を壊したままのリカルドの処遇に悩み、王位継承はミケーレに決まったも同然。

それを今から覆《くつがえ》すには、決定的な駒《こま》が足りない。ポンコツ王子をやめるタイミングは、リカルドがミケーレよりも王位に近いと証明できるときでないと意味がないのだ。

（その前にあまり騒がれたくないのだが……）

目立つとろくなことがないのは、どこの国でも同じだろう。

リカルドは心の中でため息をついて、変な娘のもとへ駆け寄った。

セラフィーナと名乗った娘は、国の東の男爵領から出てきた田舎者らしい。会場で浮いていたのも納得だ。

さらにおかしなことに、セラフィーナは初めて会うリカルドに同情していた。ポンコツ王子の噂は今や国中に広まっているし、今まさに王子の悪評を目の当たりにしたというのに……

（変な奴）

だが、妙に心がざわつく。

セラフィーナがリカルドに歩み寄ろうとする、心を砕こうとするのが……とても嫌だった。

近づくな。

放っておいてくれ。

そう……思っていたはずだった。

しかし、運命とは奇妙なもので、その夜、リカルドはセラフィーナにポンコツ王子の秘密を知られてしまった。

どうしてだろう。

油断……？

ポンコツ王子をかばうような頭の中が花畑な彼女に、あてられたか。

普段はもっと慎重なはずのマウロも、あっさりとリカルドの名を出し、セラフィーナを殺すことを良しとしなかった。

自分はマウロの言葉を無視できる立場だというのに……リカルドもまた、セラフィーナを逃がすことを許可してしまった。

（なぜ？）

自分が感じる苛立ちの正体がわからない。

彼女に秘密を知られてしまった自分の甘さへの怒りか。それとも、秘密を漏らすかもしれないセラフィーナをパーティに戻らせたことへの焦りか。

なぜ、こんなにもセラフィーナの顔が脳裏にチラつくのか。

いずれにせよ、この危機をなんとかしなければならない。

セラフィーナを監視する――まずはそれが最重要事項だった。

リカルドがポンコツ王子をやめるときまで、秘密は守ってもらわなければならない。

（ポンコツ王子を、やめるとき……）

それはいつだ？

今のままではミケーレに王位が渡る。

リカルドは、自分の人格も享受すべき恩恵も、すべてを奪われたままだ。

母との約束と取り戻すべき権利、その両方を守るために必要なのは……駒《こま》だった。

リカルドの処遇に悩む父王。秘密を知った田舎の男爵令嬢。本当は心など壊れたことのないポンコツ王子。

（全部、揃った）

翌日にセラフィーナを城に呼び出したとき、リカルドは安心したのだ。

父とザイラに「何もいらない」と豪語した彼女にも、彼女に手を握られたときも……

うまく行けば、リカルドはすべてを取り戻せると思った。

否、後から思えば……リカルドはあのときすでに、セラフィーナに恋をしていた。

この世界でリカルドを王子として認めている優しい人。

見返りを求めることもなく、周囲の人々にも毅然《きぜん》とした態度を変えない強い人。

リカルドの役に立ちたいと一生懸命になってくれる。

一方で、非情になりきれないリカルドを鋭く見抜き、人の心を思い出させた。

彼女も自分との間の子どもも「駒《こま》」だと言い切る男を信じようとする人間が、他にいるだろうか。

好きでもない男に抱かれることまで承諾し、子を産むとまで言う女は……きっと、セラフィーナだけだろう。

どんなに突き放してもリカルドに背を向けようとしない。むしろ、一歩ずつ近づいてくる。リカルドの弱いところに入り込もうとする。

彼が封印していたはずの感情を刺激する、奇妙な女……

どんどんリカルドの心を満たしていく彼女の存在は眩しくて、愛おしくて、怖かった——


カタカタという車輪の音の間隔が乱れ、リカルドは視線を上げた。

速度を落とし、検問を通り抜け、城下町へ入る。先ほどとは違って、どんどん変わっていく景色に、リカルドの心が逸《はや》る。

もう恐怖はないかと問われたら、答えはノーだ。

今も怖い。

セラフィーナが、愛しい人が、突然いなくなってしまうのではないかと、怯えている自分がいる。

だが、リカルドは逃げるよりも立ち向かうことを選んだ。

一度心を許してしまったら、もう戻れないと知ったから。

逃げることで、彼女を危険に晒《さら》してしまったから。

それならば、大切な人を守るために努力する。

リカルドは強くなった。

鍛えた身体だけではなく、セラフィーナという最愛の存在を得て、精神的にも成長した。

命を懸けて守りたい存在が、自分を強くしてくれるのだと知った。

(これからはもっと……強くならなければな)

もしも彼女たちを守れないことがあるとしたら、そのときは自分の命が消えるときだけだ。

馬車が止まるや否や、リカルドは外に飛び出した。

出迎えに控えていた者たちの間をすり抜け、城内を一目散に駆けていく。

「セラフィーナ!」

ノックもせずに開けた扉は、医務室。

「リカルド様」

急に帰ってきた夫に驚いた様子のセラフィーナだったが、すぐに頬を緩めてくれた。

まだ汗が滲《にじ》み、疲れ切っているようではあるが……とても穏やかな表情をしている。

ベッドに横になっている彼女の隣には小さな赤子が眠っていた。

コホンと咳払いをした侍医が、唇に人差し指を当ててリカルドを見る。

「リカルド様、お静かに」

「あ、ああ……すまない」

セラフィーナのベッドの周りにいた数人のメイドは苦笑し、マウロも呆れたように肩を竦《すく》めた。

リカルドは眉尻を下げ、ベッドへそっと近づく。

「男の子です。さっきまで、とても元気に泣いていたんですよ」

「そうか……」

ベッドの前で膝をつき、小さな息子の顔を覗き込むと、それ以上何も言えなくなってしまった。

真っ白なおくるみからほんの少しだけ見える手に指を近づける。

その手はリカルドの人差し指も掴めないのではと思うほど小さい。

それでも、温もりはしっかり感じられるし、呼吸をしているのもわかる。

「……俺の……宝物……」

「私たちの、です」

「はは……そうだな。そうだ……」

妻が拗《す》ねたように言い直すので、リカルドは思わず笑った。

頬に触れた彼女の手に自分のそれを重ねる。

「ありがとう、セラフィーナ」

一番大変だったであろう瞬間にそばにいてやれなかった自分の不甲斐なさを悔やむことも、なかなか進まない馬車に苛立っていたことも、全部吹っ飛ぶくらいの幸福がここにある。

セラフィーナが現れてから、リカルドの後ろ向きな感情は……いつも彼女が上書きしてくれている。

そして、今日……最高の幸せを運んできてくれたのも、やはり彼女だ。

「今日が人生で一番……幸せな日だ」

「一番を決めるのは、まだ早いですよ」

「そうかもしれないな。お前がいると毎日が一番に感じるから」

昨日より今日、今日より明日……幸せが増えていく。

そして、リカルドは毎日、かけがえのない存在を守ると決意するのだ——

番外編

カーテンの隙間から差し込む太陽の光を感じ、セラフィーナはうっすらと目を開けた。

（朝……）

やんわりと自分に巻きつく腕の温もりの心地よさにもう一度目を閉じそうになるのは、昨夜遅くまで愛しい人と抱き合っていたからだ。

だが、いつまでものんびりと眠ってはいられない。

セラフィーナはふあっと大きなあくびをし、逞《たくま》しい腕から抜け出すためにもぞもぞと身体を動かした。

その動きに合わせるようにして腕が緩みかけ……しかし、「今だ」と身体を起こそうとした途端にグッと強くベッドに引き戻される。

「もう、リカルド様っ」

後ろからぎゅっと抱きしめられて、セラフィーナは抗議の声を上げながら振り返る。

リカルドは目を瞑《つぶ》ったまま彼女の背に額を擦りつけた。

「まだ……時間あるだろ……」

寝起きの掠《かす》れた声が艶《なま》めかしい。

それに、彼の柔らかな銀髪が素肌に擦れると、くすぐったくて……

「ん、だめですよ……あっ、ちょっと……」

「セラフィーナ……」

するりと腹を撫でられ、ビクリと身体が反応してしまう。

「リカルド様ってば……っ」

「ん……まだ、抱きしめていたい」

セラフィーナの肌を弄《まさぐ》るリカルドの手の動きから、まだ彼が覚醒しきっていないのだろうとわかる。

だが、リカルドに与えられる快感を知っている身体は、その予想しない動きに焦らされて熱を持ってしまうのだ。

「あたたかい」

それを感じてか、リカルドがさらに彼女にぴたりと寄り添う。

寝ぼけた様子であるのに、セラフィーナの脚の付け根に触れた彼のものは……硬くなっている。

「リカルド様……っ、やっぱり、起きて——」

「ああ……起きている」

セラフィーナが指摘すると、リカルドの手つきがしっかりしたものに変わった。

片手で胸の膨らみを揉みながら耳たぶを食《は》み、もう片手を彼女の脚の間に入れ込む。

「濡れたままだな……ほら」

「っあ！」

くちゅりと秘所の入り口に指が差し込まれ、セラフィーナは反射的に脚を閉じた。

しかし、すでにリカルドの指は中を探り始めているので、彼の手を挟むだけ……これでは、彼の指を自ら逃がすまいとしているかのようだ。

かと言って脚を緩めれば、それはそれでリカルドの愛撫を悦《よろこ》んで受け入れることになってしまう。

「んぅ、だめですよ……も、朝……」

「朝も夜も関係ないだろう。中は、こんなに可愛く俺をねだっているのに」

耳元で囁かれ、セラフィーナの中からとろりと蜜が溢れる。

さらにリカルドの指を誘うようにうねるので、彼は容易《たやす》く奥まで侵入してくる。

「んっ、ん……や、リカルド様……ほんと、に……もう、起きないと……」

「ああ、起きている」

「そ、じゃ……ッ、なくって……あぁっ」

きゅっと胸の頂を摘ままれ声が出てしまい、セラフィーナは慌てて口に手を当てた。

「声、我慢するな」

「や、だって……」

もうすぐ侍女やマウロたちが二人を起こしに来るはずだ。

朝からこんないやらしい行為をしているなんて知られたら恥ずかしい。

「今さらだろう。それに、新婚夫婦に仕える者なら、空気くらい読む」

リカルドには当然のようにセラフィーナの考えていることがわかっている。

もちろん、マウロたちが二人の邪魔をしないことも。

しかし……

「も、新婚じゃ……っ、ジュスティーノもっ、んんっ、リカルド様！」

新婚と言える期間はとうに過ぎただろう。

二人が結婚してから、すでに四年が経った。

息子のジュスティーノも三歳だ。

彼は最近とても早起きな上に、朝から元気がありすぎて乳母もマウロも手を焼いている。両親にべったりで、きっと起きたらすぐに二人のところへ来る。

それまでには身支度を済ませておきたい。

「それに、あ……ん、今日、から……は、また……隣国へ……んぁっ」

胸の蕾《つぼみ》を刺激されながら中の指を抜き差しされると、抗議も途切れ途切れになってしまう。

一方のリカルドは余裕がある様子で愛撫を続けた。

「そうだ。また数日間、お前に触れられなくなる。だから、その分たくさん抱きたい」

「あっ、昨日も、そう言って……んんっ」

リカルドが外交会議で城を留守にすることは珍しくない。

結婚した頃に比べれば、その頻度もずいぶんと減ったけれど……シャルドワ王国を取り巻く環境が落ち着きを取り戻すには、もう少し時間がかかる。

ジュスティーノの出産に立ち会えなかったこともあり、リカルドは国外で長期間の公務をすることを一番嫌っていた。

もちろん、仕事なのできちんとこなしてはいるが……その予定が入るたびにこの調子だ。

特に彼が出立する日の朝と帰ってきた日の夜は普段以上に濃厚な交わりを求められる。

「もう一回だけ……な？」

「あ、や……待って……んんっ」

ぬぷぬぷと長い指がセラフィーナの中を行ったり来たりする。

耳も音を立てながら舐められるので、淫猥《いんわい》な水音が脳内に直接響くかのようだ。

尖《とが》った胸の蕾《つぼみ》をぐりぐりと強く捏《こ》ねられると、全身で快感が生まれ、そのすべてがお腹の奥へと集中していく。

知らないうちに腰が揺れ、リカルドの指に中のいいところを擦りつけてしまう。

セラフィーナが動くとリカルドの昂《たかぶ》りが彼女の肌に擦れて……彼の呼吸も荒くなった。

「……お前も……欲しがっている」

「んっ、違……」

「違う？　本当に？」

「あ……」

ゆっくりと指を引き抜かれ、自分でも恥ずかしいほど甘ったるい声が出た。

とろりと内腿を濡らす蜜には、昨夜リカルドが放った白濁が混じっていることだろう。

リカルドはセラフィーナの太腿の間に昂《たかぶ》りを差し込んだ。

先端を蜜壺の入り口に宛がい、はぁっと艶《なま》めかしいため息をつく。

「ほら、欲しそうにしている」

「……っ」

セラフィーナの中が彼を受け入れようとヒクつく。

ぞくぞくと鳥肌が立って、腰が震えた。

「でも……だめ、で……ッ」

セラフィーナが涙声になりながら首を横に振ると、リカルドがクスっと笑う。

「でも、ってことは……本音は欲しいということだろう？」

「あっ」

リカルドはそのままセラフィーナの腹に手を回し、緩やかに腰を動かし始めた。

昂《たかぶ》りが割れ目をぬるぬると滑っていく。

溢れ出る蜜を纏《まと》い、滑りがよくなってくちゅくちゅと音が立って卑猥だ。

先端が入り口を掠《かす》めるたびに、セラフィーナの蜜口は期待でヒクつく。もどかしさで涙が零《こぼ》れ、セラフィーナはシーツを握り締めた。

「は……ン、ん……」

早く起きて身支度をしなくては……という理性が快感に押し流されていく。

ダメだと思うのに、身体はもっと先を求めている。

昨夜の絶頂が鮮明に蘇《よみがえ》ってきて、体温がいっそう上がった。

「セラフィーナ……もう、入りたい」

さらにリカルドの甘えた声と興奮した息遣いに誘惑されて……

「リカルド、さま……もう……だめ……」

「ダメ？　それは、どちらの意味だ？」

余裕がないのはリカルドのほうだったはずなのに、彼はピタリと腰を振るのをやめ、意地悪に問う。

わかっていても、セラフィーナの口から「欲しい」と言わせようとするのは、彼女の気持ちを確かめたいからなのだろうか。

「っ、我慢、できないから……して、ください」

セラフィーナは首を捻《ひね》って彼を振り返り、懇願する。

「いい子だ」

リカルドは嬉しそうに彼女を抱きしめて唇を奪った。

ねっとりと口腔《こうこう》を探りながら、わずかに腰を引き、入り口に昂《たかぶ》りの先端を宛がう。

「ん……」

もどかしくて腰をくねらせ彼のものを受け入れようとするセラフィーナの腰を掴み、リカルドは彼女の耳たぶを甘噛みした。

待ちきれないセラフィーナを咎《とが》めるその行為さえ気持ちいい。

「セラフィーナ……ダメだ。ゆっくり……奥まで、な？」

ずぷりと中に埋め込まれた昂《たかぶ》りは、言葉通りじわじわと時間をかけて奥へ進む。

少しずつ満たされていくセラフィーナの中は、いやらしく蠢《うごめ》いて昂《たかぶ》りを包み込んだ。

「あ、んぅ……」

「セラフィーナ、こっち向け……キスさせろ」

「んっ、ふ……」

リカルドは腰を進めながら再びキスを求め、セラフィーナも彼に応えて舌を絡める。

濃厚な交わりで呼吸が苦しくなる頃、ようやくリカルドの昂《たかぶ》りが最奥まで届き、彼は恍惚の息を吐き出した。

「……このまま、ずっと……こうしていたい」

自分を抱きしめる腕の力が強くなり、セラフィーナの心までも締め付ける。

結婚してからのリカルドは、よく「離れたくない」とわがままを言うようになった。

それまで「ポンコツ王子」として他人と距離を置いていた反動もあるのかもしれない。

突然母を失い、セラフィーナのことも失くしかけたことがあるから……不安になるのも仕方がないだろう。

自分の知らないところで大切な人が傷ついたりいなくなったりすることをとても恐れているのだ。

だから、セラフィーナや息子のジュスティーノと離れることを嫌がる。

それでも国王としての自分を律し、公務をこなして……できるだけ早く帰ってこられるよう、かなり無理をしているらしいということも、セラフィーナの耳には入っていた。

「セラフィーナ……離れたくないんだ」

「ん、わかっています。私もですよ。でも……私たちが穏やかに暮らせているのは、リカルド様が頑張ってくださっているからだから……」

うまく伝えられない自分がもどかしい。

無理はしないでほしいけれど、「急いで帰ってくる必要はない」と言うのは彼の気持ちを否定するようで憚《はばか》られる。

かと言って、セラフィーナも離れたくないのだと言うとリカルドはもっと無理をしてしまうだろう。

「リカルド様……」

「俺の心は、全然穏やかじゃない」

「あっ！」

リカルドはやや拗《す》ねた声で愚痴り、腰を揺らした。

ぐっ、ぐっ、と奥を突かれてセラフィーナからは嬌声が漏れる。

「んっ、あ……だから、明日からの分……先に、くださっ……ああっ」

「言質、取ったからな」

リカルドはフッと笑って、セラフィーナをうつ伏せにベッドへ押し付ける。

彼女の両脚を自分のそれで挟むように覆いかぶさって、腰を動かした。

「あっ、ああ……や……んっ」

「セラフィーナ……気持ちいいか？　この体勢だと……ここ、いいところに当たるだろう？」

「ひゃっ、あ――んっ、ん、あぁんっ」

もう数えられないほど抱き合って、セラフィーナの感じるところはすべて知られている。

この体勢は、リカルドに拘束されているような感覚になる。それが彼の独占欲の表れのような気がして、セラフィーナはいつも以上に感じてしまう。

縛られたいと思うのは変なのかもしれないが……リカルドが自分だけを求めていることを実感できるから。

「っ、もっと……ずっと一緒にいたい。お前と、ジュスティーノと……」

リカルドはいつだってセラフィーナを翻弄《ほんろう》するけれど……その合間に見せる心の弱さと自分にだけ言うわがままが嬉しい。

「んっ、私も……」

こうして二人だけのときに無防備で甘えるリカルドが愛おしくて……

「セラフィーナ……セラフィーナ……」

リカルドが夢中でセラフィーナの名を呼ぶのは、不安で寂しいときだ。

「リカルド様、お顔……見せてください。私も、リカルド様のこと、抱きしめたい」

セラフィーナがそう言うと、リカルドが微かに呻《うめ》いて彼女の中から抜け出す。

やや性急に身体の向きを変え、リカルドはすぐに昂《たかぶ》りを突き立てた。

「あ――っ」

パチパチと目の前に光が散るのと同時に、激しく揺さぶられ、途切れることのない快楽に溺れていく。

セラフィーナは必死に手を伸ばし、リカルドを抱き寄せた。

「リカルド様っ、好き――ッ、ン」

唇を塞がれ、言葉が呑み込まれる。

少しも離れたくないことを伝えるかのような、呼吸すら奪う口づけだ。

セラフィーナは懸命にそれに応えながら、リカルドの腰に脚を絡めた。

「んっ、ふ……んんっ」

ぐちゅぐちゅと繋がった場所が音を立て、二人の身体が熱くなっていく。

リカルドの動きが速まって、何度も最奥を穿《うが》たれる。

昂《たかぶ》りが引き抜かれると中が切なくて……再び奥へ押し込まれる熱量を逃がすまいと淫らにうねりまとわりついた。

「……っ、セラ、フィーナ……締め付けッ、すぎだ……」

「あっ、あ……だって……気持ち、いいっ」

リカルドと一つになっているだけで幸せなのだ。満たされればそれだけ身体も素直に反応する。

彼への想いを我慢するなというのは無理だ。

セラフィーナが涙を流しながら身悶《みもだ》えるのを見て、リカルドが余裕なさそうに呻《うめ》く。

「……っく、そんなに、急かすな……もっと、長く……ッ、くそ……」

リカルドは目を瞑《つぶ》って眉間に皺《しわ》を寄せ、快楽に耐えようとしているらしい。

だが、絶頂はすぐそこまで迫っていて、セラフィーナはこれ以上抗《あらが》えそうにない。

「あ、あ……リカルド様、だめ……私……っ」

「っ、わかった。今日は……これで、我慢、する」

リカルドがセラフィーナの耳元で囁く。

セラフィーナはこくこくと首を縦に振り、リカルドにしがみついた。

「んっ、ん、お願い……もう、イッちゃう」

「……かわいいな」

自分に縋《すが》りついて喘《あえ》ぐ妻の瞼《まぶた》にキスを落とし、リカルドが性急に腰を動かす。

入り口から最奥までを余すことなく擦られて、セラフィーナは背をしならせた。

「ああっ、あ――リカルド様、一緒に、あっ」

「わかっている。ほら、お前が感じれば、俺も気持ちいいから」

昂《たかぶ》りの先端でセラフィーナのいいところを掠《かす》めつつ、リカルドは揺れる膨らみに手を伸ばす。

頂を摘まれ、セラフィーナは悲鳴にも似た声を上げた。

「ひぁっ、あぁ――だめ、だめ……っ、あっ」

荒々しい手つきなのに、気持ちいい。

彼の手のひらに硬くなった蕾《つぼみ》が擦れて、その刺激が下腹部へ伝わる。身体の奥にどんどん溜まっていく快感に、足の爪先に力が入った。

「んあっ、あ――」

ぎゅっと彼の昂《たかぶ》りを締め付けて、セラフィーナは仰《の》け反《ぞ》った。

身体が一瞬硬直し、ぞわぞわと痺《しび》れるような快感が全身を駆け巡る。

「っは……セラフィーナ……」

同時にリカルドがグッと腰を押しつけた。

はっ、はっ、と荒い呼吸とともに白濁を注ぎ込み、セラフィーナを抱きしめる。

「リカルド様」

「ん……もっと、したいが……時間がなさそうだ」

普段はこの後でゆっくりとキスをしたり軽く触れ合ったりするのだが、リカルドははぁっと長い息を吐き出して彼女の中から抜け出した。

昨夜脱ぎ捨てたバスローブを素早く纏《まと》うと、浴室からタオルを持ってきて、セラフィーナの身体を拭いてくれる。

「あ……自分で……」

情事後の気だるさを覚えつつ、緩慢な動きで起き上がろうとベッドに手をついたとき、ドタドタと寝室の外が騒がしくなった。

同時に「母上～」と元気な声が聞こえてくる。

「っ！」

セラフィーナは慌てて身体を起こし、リカルドからバスローブを受け取った。

「ジュスティーノ、ちょっと待って！」

さすがに情事直後の寝室に息子を招き入れるわけにはいくまい。

今の状態で寝室を出ることも無理だ。

「お二人ともお目覚めですか？」

すかさずマウロの声が聞こえてきて、ジュスティーノの笑い声が響く。寝室に突進しそうなジュスティーノを止めてくれたようだ。

「ああ。今から朝の湯浴みをするところだ」

あたふたするセラフィーナをよそに、リカルドとマウロが扉越しにやりとりする。

「ジュスティーノ様、母君と父君は寝坊したようです。お二人の身支度が済むまで、マウロと絵本を読んで待ちましょう」

「えほんじゃなくて、けんのとっくんがいいな」

「かしこまりました。では、中庭へ参りましょう。リカルド様、よろしいですね？」

マウロの声には、「早くしろ」という意味が含まれているように聞こえる。

リカルドもそれを感じたのだろう。彼は苦笑いで肩を竦《すく》め、「わかった」と返事をした。

「どうやら、もう一回は無理らしいな」

「あっ、当たり前です！」

流されて夢中になってしまった自分を棚に上げ、セラフィーナは顔を真っ赤にして叫んだ。

＊＊＊

湯浴みと身支度を終え、朝食を済ませた後、セラフィーナはリカルドの見送りに城のエントランスへやってきた。

ジュスティーノと手を繋ぎ、馬車に乗り込む直前のリカルドと向かい合う。

「セラフィーナ……」

いつもなら名残惜しそうにしつつも「行ってくる」とすぐに出立するのだが……なんだか今日は時間がかかりそうだ。

セラフィーナは頬に添えられた夫の手に自分のそれを重ね、苦笑する。

「リカルド様、どうなさったのですか？　そんなに心配しなくても大丈夫ですよ」

「そうなんだが……なんとなく、いつもと違う……胸騒ぎ、か？　嫌な感じではないが……」

リカルドは自身の違和感の正体がわからないようで、困惑気味だ。

彼を待つ御者や家臣たちも、珍しい王の姿を心配そうに見守っている。

だが、リカルドは一国の王だ。ただ離れがたいという気持ちだけで、自分の公務をないがしろにするような無責任なことはしない。

「父上、しんぱい？」

「ああ……お前とセラフィーナのことを置いていきたくないんだ」

ジュスティーノの言葉に、リカルドが彼の前にしゃがみ込む。

セラフィーナが視線を落とすと、リカルドは自分と同じ色の息子の髪を優しく撫でながら目を細めた。

こうして見ると、ジュスティーノはリカルドに本当によく似ている。

髪や瞳の色もリカルド譲りだし、ジュスティーノ自身が父に憧れて剣の特訓もかかさない。剣と言っても、今はまだおもちゃの剣を使った遊びの延長のようなものだけれど。

とはいえ、リカルドはジュスティーノのやる気を買って教育をしているようだ。

「今日は特に心配なんだ。お前のこともだが、どうしてかセラフィーナに……大変なことが起こる気がして」

「だいじょーぶだよ！　ジュスティーノはけんのとっくんしてるからね。母上をまもれる」

「そうだな」

リカルドに頭を撫でられ、ジュスティーノはくすぐったそうに笑う。

リカルドがジュスティーノにセラフィーナのことを頼むのは毎回のことだ。

彼は息子にいつも「大切な人を守れるように強くなれ」と教えている。自分自身の経験がそうさせるのだろう。

ジュスティーノは父の教えの背景を知らないけれど、リカルドがセラフィーナをとても大切に想っていて、必ず守らなければならない存在なのだということは感じているようだ。

「ジュスティーノ、セラフィーナを頼んだぞ」

「うん。僕が母上も赤ちゃんもまもるからね！」

リカルドに肩を優しく叩かれ、ジュスティーノが両手を腰に当てて誇らしげに言う。

普通なら周囲の大人たちはそれを微笑ましく見守るところだが、皆が一様に首を傾げた。

リカルドも息子の肩に手を置いたまま硬直している。

「えぇと……赤ちゃん？」

セラフィーナは周囲をきょろきょろと見回し、自分の記憶を辿った。

ジュスティーノが急に赤ちゃんの話をする理由がわからない。最近、身近に子どもが生まれたという者はいなかったと思うし、城でジュスティーノよりも小さな子どもと一緒に遊んだという話も聞いていない。

セラフィーナと目が合った者たちは、自分も思い当たることがないと言うように首を横に振っている。

マウロも両肩を少し上下させて「わからない」という表情だ。

最後に夫と息子に視線を戻したセラフィーナは、リカルドがポカンと自分を見上げていることに気づいた。

「セラフィーナ……？」

リカルドの視線がセラフィーナのお腹に落ちていく。

それにつられて、周りに控えている者たちもセラフィーナを見るので、彼女はぶんぶんと首を横に振った。

「いやっ、違います！　体調に変化もないし、そんなわけ――」

「侍医を呼べ！　いや、今すぐ医務室へ行って診察する。出発は遅らせろ」

「はっ、かしこまりました！」

リカルドが命じると、家臣たちも当たり前のように返事をし、隣国へ早馬を出す準備を始める。

使用人たちが慌ただしく医務室へ向かうのを、セラフィーナは必死に止めようと大きな声を出した。

「ちょっと待ってください！」

自分で把握している限り、妊娠の兆候はまったくない。

確かにリカルドとはたくさんしている……が、懐妊にはタイミングもあるということは、セラフィーナもとっくに学んだことだ。

彼が城を留守にしがちだったこの三年間、新たな命を授かる気配はなかった。

（最近は……多くなった、かもしれないけど……）

一人で眠る夜は確かに少なくなったが、自分の身体の変化はわかるはず。

そもそも、ジュスティーノが急に言い出したことを真に受けるなんて……

「ほら、セラフィーナ。すぐに侍医に診察させる。公務は延期だ」

「ちょっと、リカルド様！　いくらなんでも、今日のリカルド様はわがまますぎます！　公務は公務、きちんと時間を守ってしっかり働いていただかないと――」

「そんなに興奮したらお腹の子に響くだろう」

セラフィーナもさすがに苦言を呈するが、リカルドの中ではすでに妻が妊娠したことが確定してしまっているらしい。

「いえ、そうじゃなくて……！」

「どうした？　歩けないなら、俺が運ぶぞ」

「だから、そうじゃなくて、妊娠はしていないいんですっ！」

リカルドがセラフィーナを抱き上げようとするので、彼女はサッと身を引いて叫ぶ。

重要な公務に出発する直前にこんなに騒いで「やっぱり何もありませんでした」なんて報告はできない。必ず大変なことになる。

「早く公務へ行かないと。大切な外交会議なのに……！」

「お前の身体より大切なことはない」

「きゃ――っ！　ちょっと、待って。私の赤ちゃんじゃないです。きっと、誰か違う方が最近赤ちゃんを城に連れてきたとか、そういう……！」

抵抗虚しく軽々と横抱きにされ、セラフィーナは慌ててリカルドにしがみついた。

「暴れると落ちてしまうぞ。ジュスティーノ、赤ちゃんはどこの誰だ？」

リカルドはしっかりとセラフィーナを支えつつ、息子を振り返る。

ジュスティーノは急に慌て出した大人たちを不思議そうに見ていたが、父の問いには満面の笑みを浮かべた。

「だれ？　わかんないけど、母上といっしょにいる！」

そう高らかに叫びながら、セラフィーナを指差す。

「ほら、お前は妊娠している」

「いや、あの……少し落ち着いて……」

以前セラフィーナが妊娠しないことを気にしていたときは、あんなに冷静だったのに。

「セラフィーナ様、体調の変化を自覚していなくとも、検査はしていただいたほうがよろしいでしょう。子どもは不思議とそういうことに敏感だと言いますからね」

「マウロさんまで……」

呆れるセラフィーナとは対照的に、マウロの言葉に周囲の皆が頷いている。

セラフィーナが眩暈《めまい》を起こしそうになっていると、リカルドが真剣な様子で口を開いた。

「妊娠していないのなら、お前に子どもの幽霊が憑《つ》いているとでも？」

「なっ、変なことを言うのはやめてください」

医務室への廊下を進みながら不気味なことを言わないでほしい。

セラフィーナは思わず身震いした。

「ゆーれいってなに？」

両親の後をてくてくとついてくるジュスティーノが問う。

「ん？　おばけのことだ」

「おばけ？　赤ちゃん、おばけなの？」

それを聞き、リカルドがクッと楽しそうに笑った。

「いいや。おばけじゃない。お前の弟か妹だ」

「そっか～。早くいっしょにあそべるといいねぇ」

ジュスティーノは父親と会話をしているはずなのだが、どこか「赤ちゃん」と話しているようでもあり……セラフィーナはごくりと唾を呑み込んだ。

（本当に……？）

そんなことがあり得るのだろうか。

もし懐妊が事実であれば、嬉しいことだけれど……

息子が幽霊と話をしているとは思いたくない。いや、そもそも城に霊が出るという噂など聞いたことがない。

（うぅ、今は幽霊の存在の話じゃないわ！）

セラフィーナも突然のことに混乱しているらしく、思考があらぬ方向へ行ってしまう。

余計な考えを振り払うように首を振ったところで、医務室へ到着した。

侍医はセラフィーナたちを待っていたようで、すぐに診察が始まる。

簡単な問診に答えながら、セラフィーナは何度もため息をついた。

(今日の公務をキャンセルしてしまって……どうしよう)

今から馬車を走らせても、約束の時間には間に合わないだろう。

伝令を遣わせていたから、事情は伝わっているだろうが……急な予定変更は印象がよくない。

どのように挽回すべきかと、セラフィーナは眉間に皺《しわ》を寄せて考えを巡らせる。

医務室で診察を受けているのは本当のことだから、侍医に王妃の体調が悪かったと証言してもらえばなんとか……

(本当に私が体調を崩したことにすれば……あれ？　そういえば、私、月のものが……)

侍医の質問に答えながら、セラフィーナの考えがぴたりと止まる。

思い当たる節はないと言ったが、改めて質問されると……

「……なるほど。わかりました。問診は以上です。では、検査を」

「あ……はい」

セラフィーナの鼓動が速くなる。

もし、本当に懐妊していたら……

(すごく、嬉しい……)

また新たな家族が増える。

リカルドの寂しさや不安をすべて埋めることはできないのかもしれない。だが、小さな幸せは少しずつ、彼を癒《いや》してくれるはずだ。

もっとたくさん家族で思い出を作って、リカルドが未来を見てくれたら……


結局、セラフィーナのお腹には新しい命が宿っていた。

その結果を聞いて、リカルドは今までに見たことがないほどに喜んでいる。

「セラフィーナ！」

「リカルド様、苦しいですよ」

ぎゅうっと抱きしめられ、セラフィーナは微笑む。

「今日の公務はやっぱり中止だ。お前のことを置いていけない」

「でも……」

彼の喜びに水を差したくないと思いつつ、やはり国のことは心配だ。

セラフィーナの様子を見かねてか、マウロがコホンと咳払いをする。

「セラフィーナ様、今回訪問予定の国の王にも最近王子が生まれたそうです。そんなに心配なさらずとも、リカルド様のお気持ちに寄り添ってくださるでしょう」

「それならいいのですが……」

マウロがそう言うのならば大丈夫だろう。

リカルドも、きっとそれをわかっていて今回はわがままを通したのかもしれない。

「リカルド様……また、新しい家族が増えますね」

「ああ。嬉しい。本当に……嬉しい。ありがとう、セラフィーナ。ジュスティーノもおいで」

「はいっ」

リカルドに手招きされジュスティーノがやってくると、リカルドは妻と息子を一緒に抱きしめる。

セラフィーナも二人を抱きしめて、リカルドの胸に頬を擦り寄せた。

「私も、嬉しいです」

「今日は、三人で祝おう……いや、四人だな」

公務をキャンセルしたというのに、呑気なようにも思えるけれど……今日だけは特別。

リカルドはこの三年間、本当に必死に国王としての務めを果たしてきた。

ようやく落ち着いてきたところで、こんなサプライズがあったのだから、少しくらい喜びに浸ってもいいだろう。

「おいわいなら、ケーキ食べたいな」

「そうね。ケーキも用意してもらいましょう」

ジュスティーノのリクエストに頷き、セラフィーナはふふっと笑った。

家族で過ごす時間は多くないけれど、こうして幸せを分かち合えることが素直に嬉しい。

「さぁ、そうと決まったら、早速厨房へ頼みに行きましょう！」

「ぼくもいく！」

「ああ、皆で行こう」

これからもっと賑《にぎ》やかになって、幸せも増えていく。

そんな期待に胸を膨らませながら、セラフィーナはリカルドとジュスティーノと手を繋ぎ、厨房へ向かうのだった。

この作品に対する皆様のご意見・ご感想をお待ちしております。

おハガキ・お手紙は以下の宛先にお送りください。

【宛先】

〒150-6008 東京都渋谷区恵比寿4-20-3 恵比寿ｶﾞｰﾃﾞﾝﾌﾟﾚｲｽﾀﾜｰ8F
（株）アルファポリス　書籍感想係

メールフォームでのご意見・ご感想は右のＱＲコードから、
あるいは以下のワードで検索をかけてください。

アルファポリス　書籍の感想　検索

ご感想はこちらから

子《こ》作《づく》りのために偽装婚《ぎそうこん》！？のはずが、訳《わけ》あり王子《おうじ》に溺愛《できあい》されてます

皐月もも（さつき もも）

2023年 2月 28日初版発行

編集－堀内杏都
編集長－倉持真理
発行者－梶本雄介
発行所－株式会社アルファポリス
〒150-6008 東京都渋谷区恵比寿4-20-3 恵比寿ｶﾞｰﾃﾞﾝﾌﾟﾚｲｽﾀﾜｰ8F
TEL 03-6277-1601（営業） 03-6277-1602（編集）
URL https://www.alphapolis.co.jp/
発売元－株式会社星雲社（共同出版社・流通責任出版社）
〒112-0005 東京都文京区水道1-3-30
TEL 03-3868-3275
装丁イラスト－亜子
装丁デザイン－AFTERGLOW
（レーベルフォーマットデザイン―ansyyqdesign）
印刷－中央精版印刷株式会社

価格はカバーに表示されてあります。

落丁乱丁の場合はアルファポリスまでご連絡ください。

送料は小社負担でお取り替えします。


ISBN978-4-434-31333-2 C0093